BIBLIOTHÈQUE

DE LA SCIENCE PITTORESQUE

VOYAGE

SOUS LES FLOTS

VOYAGE

SOUS LES FLOTS

RÉDIGÉ D'APRÈS LE JOURNAL DE BORD DE « *L'Eclair* »

PAR

ARISTIDE ROGER

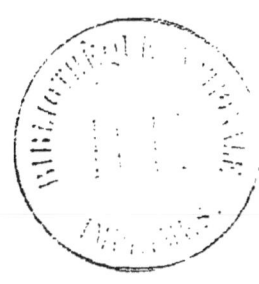

PARIS

LIBRAIRIE D'ÉDUCATION

GÉRANT : AMABLE RIGAUD, ÉDITEUR

33, QUAI DES AUGUSTINS, 33

L'Éclair dans l'atelier de Trinitus.

CHAPITRE I

LA MACHINE MERVEILLEUSE

Un dimanche matin, après la grand'messe, **un** homme dont le visage paraissait empreint d'une morne tristesse, traversait au milieu de la foule la grande place de Calais.

Toutes les personnes qui l'apercevaient le regardaient avec un air de commisération profonde ; quelques-unes causaient entre elles des malheurs qui l'avaient frappé ; d'autres l'abordaient respectueusement pour lui serrer la main et lui témoigner combien elles participaient à sa douleur.

1

Cet homme, objet de tant de sympathies pouvait
être âgé de cinquante ans environ. Ses talents et
son génie inventif lui avaient fait une réputation à
dix lieues à la ronde, et, quoiqu'il ne possédât aucun grade en médecine, on ne l'appelait pas autre
ment que le docteur Trinitus.

Malheureusement, comme beaucoup d'inventeur
timides et pauvres, Trinitus avait eu beaucoup à
souffrir de la jalousie et de la mauvaise foi de ses
rivaux. Il s'était à peu près ruiné pour exécuter
les appareils et les machines qu'il imaginait sans
cesse, et toujours les académies scientifiques de Paris et de Londres avaient fait sourde oreille à ses
communications.

Le dernier coup qui l'avait frappé mettait le
comble à son infortune.

Sa femme Thérèse, issue d'une famille de riches
négociants anglais, et sa fille Alice, à peine âgée
de dix-huit ans, avaient péri dans un naufrage en
allant recueillir l'immense fortune d'un parent, dé-
cédé depuis six mois à la Nouvelle-Hollande.

On sait avec quelle insouciance les Anglaises en-
treprennent les voyages de long cours. Trinitus,
retenu en France par d'importants travaux sur les
quels il fondait les plus grandes espérances, n'a-
vait pas vu sans une vive appréhension le départ de
sa femme et de sa fille; mais il avait dû céder aux
prières et aux larmes de celle-ci, à l'humeur témé
raire de celle-là.

Les deux voyageuses, poussées peut-être autant
par la curiosité que par leurs intérêts, étaient parties d'ailleurs sous la protection d'un cousin de

Mme Thérèse, sir William Hervey, premier aide-chirurgien sur le navire le *Richmond* qui devait les transporter à Botany-Bay.

Jusqu'à Timor, où le vaisseau avait relâché, la traversée avait été des plus heureuses, mais, selon toute probabilité, la tempête dut assaillir le navire dans la mer de Corail; car le paquebot français *l'Espérance*, revenant des îles Marquises, recueillit quelque temps après des épaves du *Richmond* sur les côtes de la Louisiade.

Quand il apprit cette terrible nouvelle, Trinitus travaillait mystérieusement dans sa maison, située au bord de la mer, sur le chemin de Gravelines, à deux petites lieues de Calais.

La secousse morale qu'il éprouva fut si vive que, pendant trois ou quatre jours, on craignit qu'il se donnât la mort dans un accès de désespoir.

Un mois durant il resta chez lui sans recevoir personne, n'écoutant que les consolations de Nicaise, un marin devenu jardinier, et dont il avait fait son confident.

Ce Nicaise avait un neveu nommé Marcel, âgé d'environ vingt-cinq ans, qui cherchait à se faire une position dans la marine marchande.

Marcel ressentait depuis longtemps une vive affection pour Mlle Alice, la fille de Trinitus; mais, pauvre pour oser prétendre à sa main, il avait toujours gardé secrète en lui la passion qui le dévorait.

En apprenant le naufrage du *Richmond*, il éprouva d'abord de vives angoisses; mais bientôt il trouva dans cet affreux évènement une idée généreuse qui fit naître dans son cœur une espérance qu'il n'avait jamais conçue.

Aussi, le dimanche où Trinitus était enfin sorti de sa solitude pour se rendre à Calais, Marcel, l'apercevant dans la foule, s'empressa-t-il d'aller au-devant de lui. Après avoir témoigné au savant combien il prenait part à ses souffrances, il le pria de lui accorder quelques moments d'entretien.

— Veux-tu m'accompagner jusqu'à la maison? lui répondit Trinitus, tu verras ton oncle Nicaise...

Marcel accepta la proposition avec empressement.

Quand ils furent hors de la ville, le jeune homme, ému jusqu'aux larmes, ouvrit son cœur au savant.

— Je vous ai toujours caché, lui dit-il, l'amitié que j'éprouvais pour Alice. Nos conditions étaient trop différentes pour que j'eusse jamais la hardiesse de vous demander sa main... Si pourtant aujourd'hui, Alice, sauvée par la Providence, vivait encore, et si j'avais le bonheur de vous la ramener un jour... en récompense de mon dévouement, me la donneriez-vous pour femme?

Deux grosses larmes s'échappèrent des yeux du savant.

— Marcel, dit-il en serrant dans la sienne la main du jeune homme, dès aujourd'hui je te regarde comme mon fils... J'ai résolu d'aller moi-même à la recherche de mon enfant et de ma Thérèse bien-aimées... Si tu ne crains pas de me suivre, nous partirons dans quatre jours.

— Dans quatre jours!... C'est impossible... le paquebot anglais ne quitte Londres qu'à la fin du mois, et c'est aujourd'hui le 16.

— Nous n'attendrons pas le paquebot...

— Mais alors?...

— Nous partirons par un bateau de mon invention...

— Un bateau de votre invention... pour aller à la Nouvelle-Hollande?...

— Le paquebot met cent-dix jours à faire le trajet, nous n'en mettrons que quinze!

— Hé?... quoi?... Quinze jours! vous dites quinze jours?...

— Et nous naviguerons sous l'eau comme les poissons!...

En entendant ces dernières paroles, Marcel poussa un cri d'effroi et s'arrêta stupéfait...

Mais Trinitus, essayant de sourire, le regarda d'un air calme.

— Je ne suis pas fou, lui dit-il... Tu vas voir ma coquille de noix, et si tu n'as pas confiance en elle, tu prendras le paquebot...

L'étrange proposition de Trinitus était pour Marcel tout à fait incompréhensible. Il regardait le savant d'un air hébété, ne sachant trop que lui répondre, et se demandant à lui-même s'il était bien possible, raisonnablement, de faire de pareilles inventions.

— Comment, se disait-il, en quinze jours, sous l'eau, dans une machine construite par cet homme, nous irions de Calais à la Nouvelle-Hollande, au milieu de l'Océanie?... C'est insensé des idées semblables!... et nous sommes deux fous, ce savant et moi!

Cependant le jeune homme, tout en se livrant à ces réflexions, marchait à côté de Trinitus.

Au bout d'une heure, ils arrivèrent à la maison
et furent reçus par Nicaise. Le maître du logis courut chercher les clés de son láboratoire, et pendant ce temps Marcel retint son oncle dans le jardin.

— Rédonds-moi franchement, lui dit-il, le docteur n'a-t-il pas le cerveau un peu dérangé?...

— Allons donc ! tu plaisantes... Pourquoi cette
question?

— Il veut me mener, sous l'eau, en quinze jours
à la Nouvelle-Hollande...

Nicaise, ahuri, regarda son neveu dans le blanc
des yeux.

— Qu'est-ce que tu chantes? fit-il au comble de
la stupéfaction.

— Il a fabriqué un bateau capable de faire ce
tour de force... tu dois en savoir quelque chose,
voyons !

— Un bateau ! dis-tu... attends ! s'écria Nicaise
dont le voyage s'illumina tout-à-coup. Depuis dix
ans nous travaillons à quelque chose dont je n'ai
jamais vu que les morceaux séparés... Le docteur
a monté la machine lui-même, en secret, et il la
tient cachée dans la grande pièce qui fait suite à
son laboratoire... Ce doit être le bateau !...

En ce moment, Trinitus portant un trousseau
d'énormes clés, sortit de sa maison et se dirigea
vers le corps de logis dans lequel était établi son
laboratoire.

— Viens, dit-il à Marcel ; puis il ajouta : Et toi
aussi, Nicaise...

Il ouvrit la porte de son atelier, puis celle de la

grande pièce où seul il avait pénétré depuis dix ans, et il y fit entrer Nicaise et son neveu. Les ténèbres les plus épaisses empêchaient d'y rien distinguer.

— Je vais éclairer, dit Trinitus.

Immédiatement quatre éclairs d'une lumière éblouissante et vive comme celle du soleil, jaillirent des quatre angles de la salle. Marcel et son oncle, inondés de clarté, reculèrent jusqu'à la porte, en poussant un double cri de surprise et d'admiration.

Une énorme machine en cuivre brillant, aussi volumineuse qu'un wagon, occupait le centre de la pièce qu'elle remplisait en partie. Elle avait la forme d'un œuf immense un peu aplati en dessous et sur les côtés. Quatre portes-fenêtres constituées par des plaques de verre d'une grande épaisseur et d'une extrême transparence étaient pratiquées sur ses parois. Autant de larges palettes semblables à des nageoires, sortaient de ses flancs, et sous le gouvernail placé à sa partie postérieure, une hélice était adaptée à ce bâtiment sans pareil.

Marcel et Nicaise, les mains jointes, la bouche béante, les yeux démesurément ouverts, regardaient cette sorte de monstruosité.

Trinitus, tout fier de l'étonnement dans lequel ils étaient plongés, ouvrit une des portes-fenêtres, et monta sur le marche-pied qui venait de s'abattre tout-à-coup.

— Voilà notre carosse, dit-il ; venez voir sa disposition intérieure.

Les trois hommes entrèrent dans la machine et

descendirent sur un plancher horizontalement placé à quarante centimètres environ au-dessous du
plus grand diamètre.

La paroi intérieure, en tôle revêtue d'un endui
à la gutta-percha, s'étendait comme un dôme au-
dessus de leur tête. Une multitude d'anneaux, de
boutons, de poignées, correspondant chacun à quelque ingénieux mécanisme, s'en détachaient à différentes hauteurs.

Trinitus les fit remarquer aux deux visiteurs.

— Tout le secret de la manœuvre est là, leur
dit-il.

Puis, leur montrant le plancher, il ajouta : —
Sous nos pieds est logée la force qui fait mouvoir
le bateau. Ce sont d'énormes piles fournissant une
quantité considérable d'électricité. De grosses bobines bien plus puissantes que celles de Rhumkorff,
centuplent leur énergie. A l'aide de la manivelle
que vous voyez là-bas, nous pouvons les gouverner
à notre aise. En pressant le bouton d'à côté, nous
allumerons la lampe électrique suspendue sur nos
têtes. En soulevant la trappe qui s'ouvre au milieu
du plancher, nous pourrons descendre dans la mer
aussi facilement qu'au moyen de la cloche à plongeur, et sans qu'une seule goutte d'eau pénètre
dans le navire. Vous verrez cela plus tard.

Remarquez à présent cette tige de fer enfoncée
à l'extrémité intérieure du bateau. Elle traverse la
paroi et présente en dehors une pointe de trois mètres de longueur. C'est une proue intelligente. Lorsqu'elle frappe contre un obstacle, elle recule un peu,
presse sur un petit ressort, et immédiatement l'é-

lectricité agissant en sens contraire, le navire recule brusquement pour échapper au danger. Pas
d'accident possible. Les fenêtres, comme vous
voyez, sont disposées de façon à ce qu'on puisse voir
ce qui se passe de chaque côté, et même au-dessus
du bateau.

La coque, d'une extrême solidité, m'a coûté beaucoup de peine. Elle a plus de vingt centimètres d'é-
paisseur, et pourtant elle est très-légère. Doublée
de cuivre à l'extérieur, elle est formée d'une première enveloppe en bois de chêne, d'une couche
de caoutchouc épaisse de dix centimètres, d'une
deuxième enveloppe de chêne et d'une plaque de
tôle recouverte de gutta-percha.

Voilà, mon cher Marcel, tout ce que j'ai à t'offrir...

Le jeune homme ébloui croyait être au pouvoir
d'un enchanteur... Cette machine extraordinaire
lui semblait l'œuvre d'un être surnaturel.

— Docteur, s'écria-t-il, faites de moi ce que
vous voudrez, je suis prêt à vous suivre au bout du
monde !...

Cependant Nicaise, qui depuis son enfance avait
appris à connaître les dangers et les caprices de
la mer, ne s'enthousiasmait pas aussi facilement
que son neveu devant le *bateau-poisson* de Trinitus.
Les objections se pressaient en foule dans son
cerveau, et lui faisaient craindre que le rêve du
savant fût irréalisable.

Aussi, lorsque celui-ci eut terminé ses explications, le vieux marin, hochant la tête, lui dit avec
assurance :

— Monsieur Trinitus, si je ne vous connaissais pas, je dirais que le diable est pour quelque chose dans votre machine; mais je crois bien que jamais elle ne vous mènera où vous voulez aller.

— Et pourquoi, s'il vous plaît, maître Nicaise? demanda le savant.

— Parce que votre bateau n'est pas plus gros qu'une pilule, et que la tempête n'en fera qu'une bouchée.

— La tempête la plus violente ne soulève la mer qu'à une très faible profondeur... Elle grondera sur nos têtes, mais ne remuera jamais les couches d'eau que nous traverserons.

— Bonne idée; mais est-ce seulement pour être à l'abri de la tempête que vous avez imaginé ce bateau sous-marin?

— Non, certes; c'est aussi pour n'avoir pas à m'inquiéter du vent, des marées, des brouillards et des brumes... Je l'avais construit dans la pensée qu'il me servirait à accomplir un voyage étrange et que j'ai toujours rêvé...

— Vraiment? dit Marcel.

— Oui, je voulais, avec ce bateau, traverser et franchir le pôle... en passant sous les glaces...

— Ah! mon Dieu! s'écria Nicaise, vous ne doutez de rien, vous!... Mais, juste ciel! quand vous serez au fond de la mer, enfermé dans cette espèce de calebasse, comment diantre remonterez-vous à la surface de l'eau?...

— Nicaise, mon ami, tu n'as jamais regardé nager un poisson... Il a diverses manières d'incliner et de faire mouvoir ses nageoires, qui lui permettent d'avancer, de reculer, de se tenir en équilibre, de monter, de descendre, en un mot, de se remuer en tous sens... Or, les palettes de mon bateau ne ne sont pas autre chose que des nageoires. Le fluide nerveux donne le mouvement aux organes du poisson; c'est le fluide électrique qui fait à mon gré fonctionner mes palettes... Que veux-tu de plus?...

— Vous m'en direz tant!... Mais ce n'est pas fini! De quoi vivrez-vous, dans votre prison?

— Des aliments que nous emporterons. Il en est de très-nutritifs à petite dose, tels que le bœuf comprimé, l'extrait de viande préparé par le savant chimiste Liebig, le bouillon en tablettes, etc.

— Et l'eau potable, où la prendrez-vous?

— Nous relâcherons quelquefois; d'ailleurs, nous distillerons l'eau de mer, que nous aurons à discrétion.

— Oui, cela se peut; mais je vous attends ici : Comment respirerez-vous? L'air vous manquera presque tout de suite.

— Mon cher Nicaise, il y a longtemps que ce problème est résolu. Nous fabriquerons de l'air...

— Allons donc! est-ce que c'est possible?

— C'est l'enfance de l'art : l'air est composé de deux gaz, l'oxygène et l'azote. Tous deux pénètrent ensemble dans les poumons lorsqu'on respire; mais l'oxygène seul est absorbé. L'azote s'en retourne comme il est venu; par conséquent, la même quantité peut servir indéfiniment. Elle est insinuable.

Nous n'avons donc à nous préoccuper que de la fabrication de l'oxygène, et nous avons cent procé-

dés à notre disposition. Nous nous bornerons à dé-
composer par la chaleur le chlorate de potasse ;
cependant, comme il nous faudrait encore dépenser
par jour une dizaine de livres de ce sel, je réflé-
chis que nous pourrions avoir recours simultané-
ment à la décomposition de l'eau par l'électricité.
L'oxygène obtenu par ce dernier moyen nous per-
mettra d'économiser trois ou quatre livres de chlorate de potasse par jour, ce qui n'est pas à dédai-
gner, au point de vue du chargement du bateau.

De plus, la décomposition de l'eau par la pile
nous donnera un autre gaz très-précieux, parce qu'il
brûle en dégageant beaucoup de chaleur : c'est
l'hydrogène. Nous le recueillerons à part, et nous
nous en servirons pour nous chauffer et faire notre
cuisine.., Voilà pour ce qui regarde la fabrication
des gaz. Mais il ne s'agit pas de créer constamment,
il faut quelquefois aussi songer à détruire.

Dans notre atmosphère ainsi composée, nous
aurons un ennemi, l'acide carbonique, exhalé par
les poumons. Eh bien ! il nous sera facile de nous
en débarrasser : nous le noierons dans une dissolution de potasse caustique. Le gaz carbonique ayant
un goût très-prononcé pour la potasse, s'y préci-
pitera de lui-même, et nous obtiendrons ainsi un
nouveau produit chimique, le carbonate de potasse, qui peut-être pourra nous servir à l'occa-
sion.

Cependant, tandis que Trinitus parlait, le visage
de Nicaise s'épanouissait rapidement. La théorie
de la fabrication de l'air, l'avait tout-à-fait con-
vaincu.

— Docteur, s'écria-t-il, je n'ai plus qu'une chose à vous demander. Voulez-vous me permettre de vous accompagner ?

— Tu ne crains donc plus la tempête ?

— Je ne dis pas non... Mais s'il nous arrivait un malheur en route je sais à présent que vous inventeriez une machine qui nous mènerait en paradis tout droit.

— Eh bien, sois des nôtres !... Nous partons dans quatre jours, et dès ce soir nous armons le navire.

— C'est entendu !... Au temps des fées, on ne parlait pas autrement.

— Les fées n'ont jamais plus existé qu'aujourd'hui, mon cher Nicaise... La bonne fée s'appelle la *Science*, et la mauvaise l'*Ignorance*.

— Alors, partons sans crainte ! s'écria Marcel, la bonne fée est avec nous !...

Grâce à la fiévreuse activité de **Trinitus** et de ses compagnons, les munitions de toute espèce nécessaires au voyage sous-marin furent entassées en trois jours dans le bateau.

Deux caisses spéciales reçurent les provisions de bouche ; on enferma dans une grande malle un laboratoire complet de chimie et de photographie, des cordages, des tubes de verre et de caoutchouc de tous les calibres et les instruments les plus utiles aux menuisiers et aux mécaniciens.

Des armes à feu, parmi lesquelles deux fusils, trois carabines et trois revolvers à six coups, furent suspendus aux parois du navire. Un coffret doublé de fer renferma la poudre, les balles et quelques sachets de plomb

Une table surmontée de deux étagères fut placée dans la concavité antérieure du vaisseau. Sur ces étagères, Trinitus disposa les appareils destinés à la fabrication de l'oxygène, autant par la décomposition de l'eau que par celle du chlorate de potasse; il y mit aussi le récipient du gaz hydrogène, les vases contenant la potasse caustique, et réserva la table aux opérations chimiques et culinaires.

Sous cette table enfin, il fit déposer tous les instruments de pêche et trois de ces appareils à plonger, nommés scaphandres, indispensables aux voyageurs pour descendre de leur bateau dans la mer.

A l'autre extrémité de la cabine, au-dessous du levier du gouvernail, et tout près de la boussole, Trinitus plaça sur une autre tablette qui lui servait de bureau un compas de route, un sextant, un excellent microscope, quelques livres et plusieurs grandes cartes de l'Atlantique et de l'Océanie. Il suspendit aussi en cet endroit un baromètre à mercure, et trois bons thermomètres pour l'air et pour l'eau.

Deux pliants, deux hamacs et un panier contenant quelques habits complétèrent l'équipement du navire.

Tous les préparatifs étant terminés, le départ fut fixé au lendemain à la tombée de la nuit.

Les voyageurs vivement émus se réunirent à deux heures de l'après-midi chez Trinitus. Le savant avait consacré la matinée à charger de sulfate de cuivre et d'eau acidulée les énormes piles de Daniel qui devaient faire mouvoir le bateau, et il avait une dernière fois vérifié tous ses calculs.

Quand Nicaise et Marcel se présentèrent à lui, vêtus d'habits de laine et chaussés de guêtres goudronnées, l'habile mécanicien leur serra les mains avec effusion, et ne put empêcher une larme de rouler sur ses joues.

— Chers amis, leur dit-il, vous ne craignez pas de vous exposer avec moi aux mille dangers qui nous attendent peut-être; laissez-moi vous exprimer toute ma reconnaissance et vous regarder maintenant comme des frères bien-aimés.

Nicaise et Marcel, le cœur gonflé, balbutièrent quelques paroles et rentrèrent avec le savant.

Il avait été décidé qu'on dînerait avant de partir, mais l'émotion était plus forte que l'appétit. A table, on ne fit que causer du voyage et surtout des chères absentes qu'on allait chercher.

Nicaise se souvenait de la bonne Mme Thérèse; il rappelait une à une ses excellentes qualités; il disait combien elle était douce, charitable et généreuse.

Marcel, de son côté, parlait avec admiration de Mlle Alice. — Quelle charmante enfant!... quels jolis yeux elle avait!... quels beaux cheveux blonds!... quel gracieux sourire!

Trinitus, lui, ne disait que quelques mots à travers ses larmes. — Où étaient-elles à présent, ces pauvres femmes bien-aimées?... Avaient-elles survécu au naufrage! Peut-être, hélas, tombées au pouvoir de quelque tribu sauvage, enduraient-elles les plus atroces tourments!...

A cette terrible pensée, le visage du savant revêtait l'expression de la plus profonde douleur ; ses poings se serraient convulsivement ; il s'en voulait de ne pas être encore parti.

Cependant, la nuit tombant peu à peu, les trois hommes se levèrent, fermèrent la maison et se rendirent au laboratoire.

Trinitus ouvrit une grande porte à deux battants séparée de la mer par une terrasse d'environ trente mètres de largeur, et les deux compagnons du savant comprirent alors qu'il fallait seulement pousser la machine pour la mettre immédiatement à flot.

— Le chemin est ouvert ! dit Trinitus. Sous le bateau sont placées de petites roulettes, il suffit de pousser...

— Allons, courage !... cria Nicaise ; et le premier il courut s'appuyer contre l'hélice pour lancer le navire à la mer.

— En avant ! en avant !... répondirent Trinitus et Marcel.

Aussitôt une sorte de frénésie s'empara des trois voyageurs. Le bateau, poussé avec une incroyable énergie hors du laboratoire, traversa la terrasse et glissa doucement à la surface des flots...

Marcel et Nicaise, transportés d'enthousiasme, poussèrent un cri d'admiration et de surprise ; et Trinitus lui-même demeura un instant stupéfait.

— C'est splendide !... s'écria-t-il.

A ce moment, en effet, la lune éclairant le dôme de la machine, la faisait briller comme une sphère de vermeil, et le ciel, se mirant dans ses portes de verre, s'y reflétait avec ses milliers d'étoiles.

— Je m'embarque le premier ! s'écria Marcel.

— A toi maintenant, Nicaise ! dit Trinitus.

— Je veux bien ; mais avant, je désire baptiser le bateau.

— Soit ! répondit le savant.

— Appelons-le l'*Eclair*, puisque la foudre le fait marcher !

— Ce nom lui convient à merveille !... nous ferons vingt-cinq lieues à l'heure, et demain soir nous serons aux Açores, s'il plaît à Dieu !...

Le câble électrique.

CHAPITRE II

EN MEB

Lorsque Nicaise eut pris place dans le bateau à côté de Marcel, Trinitus à son tour y pénétra, ferma soigneusement la porte-fenêtre, et mit la main sur le levier qui servait à faire passer le courant électrique dans les rouages du navire.

— Personne ne regrette la terre? demanda-t-il.

— Non! non! En route! répondirent à la fois Nicaise et Marcel.

— Eh bien! à la garde de Dieu! s'écria Trinitus.

Une légère secousse se fit sentir ; la lampe fixée
à la voûte de la cabine projeta tout-à-coup une vive
lumière, et l'*Eclair* sillonna la surface des flots
avec la rapidité de l'étoile filante qui traverse les
airs.

— Nous allons comme des hirondelles ! fit Nicaise.

— Pas encore, répondit Trinitus, mais nous irons
beaucoup plus vite sous l'eau. Je cherche à me placer juste au milieu du Pas-de-Calais... Nous avons
deux bancs de sable à éviter, celui de *Varne*, où
vint se briser, il y a quelques années, le trois-mâts
hollandais le *Maria-Jacoba;* et celui du *Colbart,*
qui n'est pas moins dangereux...

— Sur quoi vous guidez-vous? demanda Marcel.

— Sur le phare du cap Gris-Nez, que je vois à
travers la fenêtre, répondit le savant.

— Je l'observe aussi, dit Nicaise, et je crois que
nous devons être à présent à la hauteur du *Colbart.*

— C'est mon avis... Allons un peu plus loin...

— Là, maintenant !...

— Nous y sommes ! attention...

— Un moment ! dit Marcel en se précipitant à la
croisée qui regardait les côtes de France.

Le bateau s'arrêta, et les trois voyageurs tournèrent leurs regards vers le ruban grisâtre et brumeux
qui limitait l'horizon du côté du Sud.

— C'est là-bas ! murmura Marcel en soupirant.

Les yeux de Trinitus s'emplirent de larmes; Nicaise sentit avec étonnement que son cœur palpitait.

— Qu'est-ce que c'est? fit-il, j'ai failli être noyé
vingt fois; j'ai été gelé en pêchant la morue sur

les côtes de l'Islande ; je me suis battu avec les ours blancs sans jamais broncher, et voilà que j'ai des faiblesses! Allons, allons, allumons une pipe et allons-nous-en !...

Cependant, quelques efforts qu'il fît pour vaincre son émotion, le vieux marin laissa tomber une larme de ses yeux, lorsque Trinitus lui dit, en lui serrant la main :

— J'ai bon espoir, Nicaise, que nos vœux seront exaucés. Nous retrouverons ma chère Thérèse et mon Alice bien-aimées ! Je sens quelque chose qui me le dit... S'il devait nous arriver malheur, le ciel n'aurait pas cette pureté de bon augure qui m'inspire et qui relève mon courage !...

Le ciel, en effet, se montrait ce soir-là dans toute sa splendeur. On n'y voyait pas un nuage ; la lune et les étoiles n'avaient jamais brillé d'un plus bel éclat. La mer, ordinairement agitée dans le Pas-de-Calais, était calme et tranquille. Elle avait dû sans doute, pour cela, s'entendre avec le ciel. Quelques vagues molles et caressantes donnaient seules, par intervalles, un léger balancement au bateau ; et l'on voyait au loin leurs crêtes se briser, en jetant une pâle lueur de phosphore.

Une brise fraîche courait dans l'atmosphère.

Deux grands espaces ténébreux s'ouvraient à l'ouest et à l'est : c'était, d'un côté, l'entrée de la Manche ; de l'autre, celle de la mer du Nord. Sur les côtes d'Angleterre et de France les phares projetaient à une grande distance, sur la mer, les brillants rayons de leurs feux changeants. On distinguait très-nettement, d'un côté, ceux de Douvres et de Folkestone ; de l'autre, ceux de Calais et du cap Gris-Nez.

L'hémisphère supérieur du bateau de Trinitus émergeait du milieu des flots, et la vive lumière qui l'éclairait à l'intérieur, s'échappait à travers les vitres en longues traînées argentées qui vacillaient mollement sur la croupe des vagues.

Après avoir jeté un dernier regard sur le rivage qu'ils ne devaient peut-être jamais revoir, les trois voyageurs se décidèrent à descendre au fond de la mer.

Trinitus mit la main sur un anneau fixé à la paroi et le tira vivement à lui. Le navire eut un frémissement. Les palettes qui le soutenaient à la surface de l'eau se redressèrent, et le bateau s'engloutit doucement dans l'abîme !...

La mer le laissa plonger dans ses profondeurs. Elle l'ensevelit sous ses vagues, et se referma insoucieuse au-dessus de lui...

A mesure que le navire descendait, le savant suivait de l'œil l'ascension d'une mince colonne d'eau dans un tube vertical placé au fond de la cabine.

— Nous avons là notre manomètre, dit-il. Ce tube gradué s'ouvre par son extrémité inférieure dans la mer. Plus nous descendons, plus la pression qui s'exerce sur nous est considérable. J'ai calculé que pour vingt mètres de profondeur, la colonne d'eau du manomètre s'élèverait d'un degré... Nous voici bientôt à quarante-cinq mètres, nous pouvons nous y tenir.

— Très-bien ! fit Nicaise ; je crois que nous pas-

.serons sans encombrement... et sans écraser personne!...

Trinitus repoussa fortement contre le paroi le ressort qu'il avait tiré. Presque instantanément, le bateau cessa de s'enfoncer et partit horizontalement avec une extrême vitesse.

En ce moment, la *Panthère*, qui fait le service de Boulogne à Londres par la Tamise, traversait le Pas-de-Calais. Les passagers groupés sur le pont virent une lueur étrange qui fuyait au-dessous d'eux. Un naturalite affirma qu'elle était produite par des méduses, mollusques gélatineux phosphorescents pendant la nuit, et tout le monde crut.

C'était le bateau de Trinitus!...

Cependant le navire était à peine lancé que son habile pilote s'occupait déjà d'organiser le service intérieur, et de donner à ses deux compagnons leur part de besogne.

Marcel, ayant pour lui la jeunesse et l'intelligence, devint le préparateur du savant. Il fut chargé de veiller à la fabrication de l'air artificiel, à l'entretien des piles et des bobines, à la conservation des instruments de précision et des armes de toute espèce.

Nicaise lui-même n'eût rien à envier au fameux maître Jacques de Molière. Il dut à la fois s'occuper des engins de pêche et des appareils de sauvetage, des vivres, de la cuisine, et de l'ordre général du bateau.

Trinitus, pilote et capitaine, se réserva le gouvernement de l'*Eclair*, et lui seul, en effet, était capable de remplir ces hautes fonctions.

Cependant, le bateau marchait à toute vitesse. L'émotion qui avait un peu attristé les voyageurs au moment du départ disparaissait doucement ; ils sentaient renaître leur joyeux enthousiasme et toutes leurs espérances.

Marcel ne cessant de rêver à Mlle Alice, entrevoyait dans l'avenir un coin de paradis ; Nicaise, que son titre de cuisinier enorgueillisait, cherchait à se souvenir des nombreuses recettes pour les court-bouillons et les matelotes ; et fredonnait gaiement.

> Malbouroug s'en va-t-en guerre,
> Mironton, mironton, mirontaine... etc.

C'était sa chanson favorite.

Quant à Trinitus, après qu'il eut désigné à chacun son emploi, il se mit à son bureau, regarda l'heure à son chronomètre, et sur la première page d'un cahier ouvert devant lui, il écrivit :

L'ÉCLAIR

BATEAU SOUS-MARIN

*Départ de Calais pour la mer de Corail, le 3 août 1864,
à minuit.*

Puis au bas de la page, il ajouta :

Journal du capitaine Trinitus.

Mais, comme il finissait d'écrire, une secousse extrêmement violente fit trembler le bateur, l'Éclair recula brusquement, et les trois hommes surpris furent jetés sur le plancher.

Nicaise n'eut que la force de pousser un juron

Marcel épouvanté, s'écria :

— Nous sommes perdus !...

Trinitus, stupéfait, ne poussa pas un cri.

Cependant rien d'alarmant ne se manifestait. Le bateau s'était arrêté, mais l'avarie devait être peu considérable.

— Je comprends!... dit Trinitus en se relevant, nous avons talonné contre un bas-fond!...

— Il faut aller voir les dégâts et visiter la coque, ajouta Nicaise.

— Je ne vous cache pas que j'ai eu bien peur! continua Marcel.

— Tu n'es pas encore habitué, fit Nicaise.

— La mer est moins profonde ici que je ne le pensais, reprit Trinitus, en se revêtant d'un scaphandre. Nous ne sommes pas à 45 mètres, et dans presque toute la Manche les sondages donnent 50 mètres de profondeur. Je ne m'explique pas cet accident.

Le savant souleva une trappe circulaire placée au milieu du plancher, et découvrit un disque de métal d'environ soixante centimètres de diamètre. Ce disque remplissait exactement la lumière d'un cylindre vertical qui traversait toute la cale et se terminait au niveau de la face inférieure du bateau. Quatre gros tubes descendaient parallèlement à ses côtés; mais ceux-ci ouverts à leur partie supérieure, faisaient en bas une saillie d'environ dix centimètres, et présentaient en cet endroit une sorte d'ajustage fermé par un robinet.

Trinitus profita de la circonstance pour faire connaître à ses amis le mécanisme de cet ingénieux appareil, et quand ils l'eurent compris en théorie, il leur montra comment on en faisait usage.

Au moyen d'une poulie fixée à la voûte du bateau,

il accrocha le disque de métal à un contre-poids, et
le cylindre s'ouvrit aussitôt, comme celui d'une
pompe quand on ôte le piston.

Trinitus, revêtu de son appareil à plonger, des-
cendit dans le cylindre, et le disque retomba doucement sur sa tête pour enfermer le savant comme
dans un étui.

Mais celui-ci pressant un petit ressort placé dans
la paroi de son étroite prison, fit ouvrir sous ses
pieds une soupape qui fermait l'orifice inférieur du
cylindre, et glissa dans la mer.

La soupape se referma brusquement, après que
le disque de métal fut descendu jusque sur elle pour
empêcher l'eau d'entrer.

Cependant Trinitus s'était accroché à une poi-
gnée disposée tout exprès sous le bateau, et pendant
qu'il se soutenait ainsi d'une main, il fixait de
l'autre l'extrémité du long tuyau par lequel il devait
respirer à l'ajustage d'un des gros tubes qui faisaient saillie sous le navire. En tournant le robinet, il se trouva en communication avec l'air contenu dans la cabine, et celle-ci joua le rôle de cloche
à plongeur.

Le tube respiratoire de l'appareil avait une longueur d'environ trente mètres ; ce qui permit à
Trinitus de marcher au fond de la mer pour aller
reconnaître l'obstacle contre lequel l'*Eclair* s'était
heurté.

Pendant les nuits même les plus sombres, il ne fait
jamais noir sous les flots. La phosphorescence des
eaux jette une vague lumière sur les objets submer-
gés, et la plupart des animaux et des plantes ma-

rines sont entourés eux-mêmes d'une auréole phosphorique.

Trinitus put donc apercevoir au-devant de lui une sorte de barrière énorme revêtue d'incrustations bizarres et des végétaux étranges qui projetaient sur elle une pâle lueur. Il s'approcha, croyant reconnaître un mât de vaisseau, et laissa échapper un cri de surprise.

Soudain Nicaise et Marcel entendirent raisonner dans la cabine cette exclamation.

— Mes amis!... c'est le câble électrique!...

Je laisse à penser quel fut l'étonnement de ces deux hommes quand ils apprirent que l'obstacle contre lequel ils s'étaient heurtés n'était autre que cet énorme câble de fer, le seul lien qui nous rattache à l'Angleterre.

Curieux de descendre au fond de la mer, ils se revêtir promptement de leurs appareils, et Marcel appliquant ses lèvres à l'orifice du tube par lequel respirait Trinitus, cria de toutes ses forces :

— Attendez!... nous venons!...

Marcel, ignorant les plus simples lois de la physique, ne savait pas qu'il lui suffisait de parler à voix basse, pour que Trinitus entendit; aussi, dans sa prison imperméable, le savant fut-il tout étourdi par la bruyante exclamation qui lui tombait sur la tête avec tant de fracas.

Les oreilles lui tintaient encore, quand ces deux compagnons, reliés comme lui à la machine, par des tubes respiratoires, parurent à ses côtés.

— Quel drôle de pays!... faisait Nicaise...

— C'est magnifique! disait Marcel.

— Ah ça, reprenait le vieux marin, on y voit comme sous un bec de gaz, est-ce qu'il fait clair de lune dans la mer?...

— Mais non, mon vieux Nicaise, répondit Trinitus, ce sont les objets qui nous entourent qui produisent cette étrange lueur. Toi-même tu reluis déjà comme un paquet d'allumettes dans l'obscurité.

— Alors reprit Nicaise, la lumière qui nous éclaire est la même que celle qui brille quelquefois sur les vagues pendant la nuit?...

— Justement. Elle est causée par des animalcules que je te montrerai tout à l'heure au microscope, Ils sont en si grand nombre dans la mer, que dans une seule goutte d'eau on en compte plus d'un million!... On les appelle des *noctiluques*...

— Ah! mon Dieu! est-il possible? s'écria Nicaise,

— C'est bien curieux!... ajouta Marcel.

Les trois voyageurs causaient ainsi, quoiqu'ils fussent éloignés de plusieurs mètres l'un de l'autre il leur eût été d'ailleurs impossible de se parler à l'oreille à cause du casque vitré qui les emprisonnait. La voix montait par le tube respiratoire de celui qui parlait, retentissait dans la cabine, et redescendait, très-nette et très-pure dans les tubes voisins, jusqu'aux oreilles de ceux qui écoutaient

Cependant Marcel s'était approché du câble électrique et contemplait avec une stupéfaction profonde la végétation extravagante dont il était surchargé. Une multitude incroyable d'êtres vivants s'étaient

fixés sur cette corde submergée, qui, reposant de distance en distance sur des rochers sous-marins, formait entre eux une sorte de pont suspendu.

Les algues, les zoophytes, les mollusques, les
polypiers attachés sur ce frêle point d'appui ne se
doutaient guère que la pensée humaine courait chaque jour sous leurs pieds. Enchevêtrés les uns dans
les autres, ils se groupaient en énormes bouquets,
et transformaient le câble en une immense guir-
lande touffue, qui barrait l'Océan.

Les *laminaires* onduleuses que l'on prendrait pour
des feuilles de gaïeuls gigantesques, étincelaient
comme des épées flamboyante. Les *zonaires* dé-
ployaient en éventail leurs frondes fastueuses, plus
riches en brillants reflets que le plumage du paon ;
les *fucus* et les *plocamies* portaient comme des fruits
d'or et d'argent à l'extrémité de leurs tiges une infinité de coquillages, bariolés des plus vives couleurs. A côté d'une masse d'éponges phosphorescentes, les *anémones de mer* s'épanouissaient; les
ophiures étalaient plus loin leurs bras hérissés,
semblables à des mille-pieds énormes, et les *campa-
nulaires* se secouaient doucement, comme des fleurs
qui voudraient peu à peu se détacher de leur tige.

Tout ce monde mystérieux vivait dans la sécu-
rité la plus profonde. Il y avait là des êtres inexpli-
cables dont l'extérieur était plante et l'intérieur
animal; et d'autres qui, de même que certains
monstres fabuleux, avaient un corps charnu, sup-
porté par des pieds de pierre.

Nicaise et Trinitus, après avoir constaté que le
bateau avait été légèrement foncé par le choc

violent qu'il avait reçu, s'était enfin rapprochés
de Marcel, et contemplaient avec lui les pittoresques filloraisons du câble électrique.

Tout à coup Nicaise poussa un cri de joie.

Il venait de se heurter contre un amas informe,
et en se baissant pour regarder, il avait constaté
que ses compagnons et lui marchaient sur un banc
d'huîtres.

Ramassez!... ramassez!... criait-il. Voilà notre
déjeûner!

Mais comme un bonheur n'arrive jamais seul,
Nicaise, en fouillant sous les rochers tout couverts
des précieux bivalves, fut assez habile pour s'emparer d'un crabe araignée et d'un oursin. Il les
plongea dans la grande pêche de toile goudronnée
qui était cousue à son appareil, et les enterra sous
trois ou quatre douzaines d'huîtres.

— Rentrons!... dit alors Trinitus, il est temps
de partir.

— Quel dommage répondit Marcel. Ne pour-
rions-nous pas voyager comme cela, dans nos appareils, sans nous enfermer dans la cabine?...

— Quelle idée! fit Trinitus.

— Je pense, continua Marcel, que rien ne serait
plus facile. Il suffirait d'attacher sous le bateau
une sorte d'escarpolette sur laquelle on resterait
assis, pendant que l'*Eclair* filerait à toute vitesse...

— C'est vrai!... nous verrions bien mieux le
pays, ajouta Nicaise.

— Eh bien! mes enfants, nous allons nous en
occuper, répondit Trinitus. Mais comme pour manger, il faut toujours que nous entrions dans la ca-

bine, c'est en déjeûnant avec nos huîtres, que nous causerons du projet de Marcel !...

Aussitôt, les trois voyageurs se hissèrent jusqu'au navire, et Nicaise chargé de butin y pénétra le premier. Trinitus referma soigneusement l'ouverture du cylindre ; le cuisinier se mit à son fourneau pour préparer le crabe et l'oursin, et Marcel visita les appareils pour la fabrication de l'air.

Le bateau, que le choc n'avait endommagé que d'une manière insignifiante, repartit avec une effrayante vitesse, et le capitaine nota sur son journal le premier accident qui lui était arrivé.

Le déjeûner fut trouvé excellent, et la proposition de Marcel, après mûre délibération, acceptée à l'unanimité.

On décida que trois siéges en planche seraient suspendus à la façon des escarpolettes, sous le bateau, et que chaque voyageur serait armé pour sa défense d'un long harpon à crochet.

Mais cela ne suffit pas à Nicaise ; il voulut avoir une arme plus terrible contre les gros animaux marins, qui ne manqueraient pas de se présenter, et Trinitus dut inventer une sorte de tonnerre pour les foudroyer.

Il imagina une flèche tout en fer, qu'une longue chaîne métallique mettrait en communication avec l'appareil électrique du bateau, Un petit marteau d'acier, soutenu par un ressort, servirait à changer la direction du courant et à faire passer dans la flèche, par l'intermédiaire de la chaîne, une quantité d'électricité assez considérable pour tuer instantanément un énorme requin.

Cet appareil était, d'ailleurs, facile à construire. Trinitus en avait dans ses caisses les pièces principales, et aux Açores, où l'on devait nécessairement relâcher pour réparer le bateau, on pouvait en très-peu de temps se payer le luxe d'une petite foudre.

Nicaise et Marcel se mirent alors à fouiller les caisses pour chercher et rassembler tout ce qui pourrait leur être utile. Trinitus, pendant ce temps, dessinait dans tous ses détails le tonnerre tel qu'il le concevait, et calculait théoriquement ses effets, en attendant qu'il pût, en réalité, s'en rendre compte.

La matinée tout entière fut consacrée à ces importants travaux; et dans la journée, Trinitus, suivant sa promesse, dit à ses compagnons la curieuse histoire de quelques-uns des êtres bizarres qu'ils avaient vus au fond de la mer.

Il leur montra d'abord au microscope l'animalcule qui produit la phosphorescence des flots. C'était un petit être de forme triangulaire et portant à chacun de ses angles une mince nageoire, formée de cils extrêmement déliés. Sur son dos globuleux, on voyait une foule de petits points sphériques disséminés sans ordre, qui, par moments, brillaient d'un vif éclat. Ce phénomène se produisait surtout lorsque, avec la pointe d'une aiguille, Trinitus caressait les cils du noctiluque ou tracassait un peu l'animal.

Le savant présenta ensuite à ses compagnons plusieurs zoophytes extrêmement curieux qu'il avait arrachés au câble électrique, ou recueillis sur les rochers voisins. Il leur montra des *Etoiles de mer,*

aux rayons rosés; des *Eponges* et des *Théties*, revê-
tues de leurs polypes; des *Pennatules* grises qui
ressemblent à des plumes soyeuses et frisées; des
Eleuthéries, dont les bras nombreux sont terminés
chacun par une fleur.

Mais ce qui amusa beaucoup Marcel, ce fut une
sorte d'*Holothurie*, la *Synapte de Duvernoy*, ainsi
baptisée par M. de Quatrefages qui l'observa le premier dans le petit archipel de Chausey, il y a trente
ans environ.

Trinitus raconta comment la synapte supporte
philosophiquement le jeûne et l'abstinence. Son
corps, transparent comme le cristal, se contracte et
se segmente avec la plus grande facilité. En temps
de disette, quand il lui est impossible de nourrir
ce corps tout entier, la synapte n'hésite pas à le
sacrifier par petites portions, à mesure que le besoin s'en fait sentir. Elle se resserre et s'étrangle à
l'endroit où elle veut se couper, et peu à peu elle se
diminue ainsi d'un quart; d'une moitié, des trois
quarts. Quelquefois, hélas! elle ne conserve que sa
tête, et bien heureuse encore lorsqu'elle peut lui
donner à manger.

Cependant, à mesure que la journée se passait,
l'*Eclair* filait toujours vers les Açores. Quand la
nuit fut venue et que Trinitus eut calculé que ces
îles ne devaient pas être très-éloignées, il fit émerger le bateau, qui ralentit beaucoup sa marche;
mais à travers ses fenêtres, les voyageurs purent
interroger l'horizon.

La mer s'étendait de tous côtés et semblait in-
finie. Ses vagues hautes et rapides agitaient forte-

ment le bateau, et après une demi-heure de secousses continuelles, Trinitus allait se décider à
redescendre dans des couches plus calmes, quand
Marcel vit briller au loin une lumière presque im-
perceptible. Il lui sembla qu'une sorte d'aiguille
grisâtre se dessinait sur le fond pâle du ciel où
scintillaient déjà de nombreuses étoiles, et il crut
reconnaître la mâture d'un vaisseau.

Nicaise, dont la vue était un peu affaiblie, ne
put rien distinguer, même avec le secours d'une
excellente lunette; mais Trinitus, a la vue de
l'aiguille signalée par Marcel, poussa un cri de
joie :

— Terre ! terre !... mes amis !... C'est le pic
volcanique des Açores; dans une heure nous aurons débarqué !

Déjeûner sous les arbres.

CHAPITRE III

LES AÇORES

Si vous examinez, sur une sphère terrestre, la vaste nappe bleue qui sépare l'ancien monde du nouveau, vous verrez qu'elle est tachetée çà et là de petits groupes d'îles qui paraissent être les plus hauts sommets de montagnes sous-marines.

Ces troupes sont surtout nombreux dans l'océan atlantique boréal, et le plus apparent de tous, parce qu'il est le plus éloigné des continents voisins, est celui des Açores.

La plupart des îles de l'Atlantique ont une origine volcanique. Elles sont sorties du milieu des flots.

Le lit de la mer repose directement sur l'immense globe de feu placé au centre de la terre, et ne forme qu'un plancher d'une très-faible épaisseur entre les deux abîmes qu'il sépare. Il soutient l'Atlantique et recouvre un océan de minéraux en fusion. Ces deux puissances gigantesques sont en lutte depuis le commencement du monde. L'énorme masse liquide pèse sur la colossale fournaise et la maintient en l'écrasant sous le poids de ses flots. En vain l'océan de feu s'enfle, se gonfle, s'efforce contre la mince cloison qui le maîtrise; son adversaire le paralyse et l'accable sous sa pression victorieuse, comme autrefois les barbares étouffaient sous leurs boucliers l'ennemi qu'ils avaient vaincu.

Dans ce combat continuel et formidable, le lit de l'Océan est par moments agité de fortes secousses. Ses frémissements et ses trépidations retentissent jusque dans les continents, et quelquefois, en certains points, il craque et s'entr'ouvre.

Alors, par une crevasse béante, le feu souterrain veut faire irruption; mais l'implacable Océan s'y oppose. Il s'engouffre dans la brèche et s'épuise à refouler le torrent de flammes qui monte vers lui... Le choc des deux adversaires est épouvantable. Comme deux tigres furieux acharnés l'un contre l'autre, ils rugissent et se déchirent. Au contact de la colonne de feu, la mer bouillonne, s'irrite et se soulève. Elle trépigne son ennemi en grondant de rage et de douleur. C'est le terrible conflit de l'eau et de la lave chauffée au rouge blanc.

Cette masse prodigieuse de matières incandescentes ne peut être éteinte ni même refroidie par l'Océan. Elle s'élève avec lenteur sous le poids qu'elle supporte; mais peu à peu elle monte, elle envahit le domaine de la mer et se déverse soudain dans les plaines et les vallées sous-marines. Comme un immense polype de feu, le volcan allonge autour de sa bouche monstrueuse d'énormes tentacules de lave; l'eau siffle et se vaporise à leur contact; ces bras sinueux ondulent et s'étendent comme pour saisir l'Océan dans une horrible étreinte.

En vain celui-ci continue la lutte en désespéré. Il plonge avec furie jusqu'au fond du volcan pour l'étouffer; le volcan le boit et le crache. Du sein du cratère s'échappent des tourbillons de cendres et de ponces brûlantes qui souillent et empâtent les flots; d'immenses bulles gazeuses écartent les vagues et les soulèvent pour se frayer un chemin jusqu'à l'atmosphère; les eaux chargées de soufre sont en ébullition, et leurs habitants asphyxiés s'en vont à la dérive avec les amas de cendres et de scories...

Après la lutte, quand le volcan fatigué s'est assoupi, on peut voir à la place qu'il occupait une montagne sous-marine. Elle est formée par les laves que le cratère a vomies; ce sont les fondations d'une île. Dans un temps plus ou moins éloigné, le combat recommencera plus terrible peut-être que la première fois; la montagne s'élèvera davantage, et, jusqu'à ce que la bouche du volcan vienne s'ouvrir directement dans les airs, ces épouvantables luttes se succéderont.

Alors durant de longues années le cratère vomira
des laves, des cendres et d'épaisses vapeurs; un
jour, cependant, il finira par s'éteindre, et les vents
transporteront sur ses flancs stériles des graines
ravies au sol des continents voisins. Les oiseaux de
passage s'arrêteront sur ses rochers; les goëlands
et les mouettes y feront leurs nids; le soleil déve-
loppera une riche végétation sur ses coteaux; des
sources d'eau douce jailliront de ses pics escarpés,
pour fertiliser ses plaines et ses vallons.

L'île jeune et souriante aura son ciel et son climat. A son premier printemps elle sentira, tout
étonnée, la vie germer dans ses flancs; elle s'enor-
gueillira l'été de sa parure de fleurs; l'automne,
elle tressaillera de plaisir à la vue des fruits ver-
meils qu'elle aura nourris; et l'hiver, quand la
neige couvrira la cîme émoussée de l'ancien cratère,
elle s'endormira paisiblement au bruit des vagues,
qui viendront vaincues et soumises se briser sur ses
bords...

Telle a été l'origine des îles volcaniques de l'A-
tlantique et de tous les autres océans qui baignent
notre globe. Le feu central leur a donné naissance
dans de laborieux enfantements.

Les archipels des Canaries, du Cap-Vert et des
Açores étaient depuis longtemps terminés quand
l'homme les a découverts; quelquefois encore, cependant, ils éprouvent de violentes secousses de
tremblements de terre, et les phénomènes qu'on
observe souvent dans leurs parages montrent que
la force qui les a fait naître est toujours en travail!... C'est seulement depuis quatre siècles en-

viron, que ces îles, filles de l'Eau et du Feu, sont parfaitement connues.

Les anciens, bien persuadés que le monde fi nissait aux *Colonnes d'Hercule*, aujourd'hui pro- saïquement appelées *Détroit de Gibraltar*, avaient à peine une idée de l'Atlantique, auquel ils faisaient l'injure de l'appeler *Fleuve Océan*.

Les Canaries, voisines de la côte occidentale de l'Afrique, avaient pourtant été aperçues par leurs plus hardis navigateurs; mais on les regardait comme un pays extraordinaire : on y plaçait l'E- lysée, le séjour des bienheureux, et les poètes les chantaient sous le nom d'*Iles fortunées*.

Madère, qu'on avait entrevue dans le lointain, passait pour une *brume trompeuse ;* et les îles du cap Vert, dont on soupçonna plus tard l'existence, furent baptisées *Jardin des Hespérides*.

Au delà de l'Elysée s'étendait, disait-on, une im- mense contrée qu'on appelait l'*Atlantique*, et qui fut décrite par Platon. C'est en cet endroit que s'é- tend aujourd'hui la *mer des Sargasses*, tellement encombrée par les algues que les vaisseaux ont peine à s'y frayer un chemin.

Quant aux Açores, elles étaient complétement inconnues.

Une vieille tradition attribue leur découverte aux Arabes; mais ce ne fut qu'en 1432 que Gon- zalo Velho Cabral signala l'île de Sainte-Marie et en prit possession au nom du Portugal.

Les autres îles, Saint-Michel, Terceire, Gracieu- se, Saint-Georges, Picot, Faïal, Flores et Corvo fu- rent successivement visitées de 1423 à 1450 ; mais les premiers colons qui débarquèrent à Corvo y trouvèrent, dit-on, une statue équestre. Le personnage étrange qu'elle représentait montrait du doigt l'Occident, disent quelques auteurs, comme pour annoncer l'existence du nouveau monde ; d'autres, au contraire, prétendent qu'elle indiquait aux navigateurs de retourner sur leurs pas.

Quoi qu'il en soit depuis 1450, le petit archipel des Açores s'est peuplé peu à peu, et il compte de nos jours 180,000 habitants. La plupart sont d'origine portugaise ; quoique isolés au milieu de l'Océan, sur une terre qui souvent encore éprouve des convulsions, ils ont une existence heureuse et paisible. Le sol impatient et fiévreux qu'ils cultivent leur fournit d'abondantes moissons et des vins exquis.

Le pic des Açores est le point culminant de l'archipel. Presque toujours sa cîme est couverte de neige, et l'on y voit flotter quelquefois encore un panache de sombres vapeurs. A lui seul, il constitue l'île de Pico presque tout entière.

Ce fut à la base de cette montagne que Trinitus résolut de s'arrêter. Il était environ quatre heures du matin, et le jour commençait à poindre quand le bateau toucha la côte. Pour ne pas être tracassé par les curieux, on fit entrer l'*Eclair* dans une petite baie entourée de rochers et voilée par des arbres touffus ; les trois voyageurs débarquèrent, et Nicaise amarra solidement le bateau.

Dans la matinée, Trinitus quitta ses compagnons pour aller au village le plus proche préparer chez un forgeron quelques pièces de fer destinées au

mécanisme de la foudre dont on avait projeté
l'exécution, et pendant ce temps Marcel et Nicaise
raccommodèrent avec beaucoup d'intelligence la
coque de l'*Eclair*.

Ce travail terminé, Marcel prit un fusil de chasse
et courut explorer les environs.

Nicaise, lui, fut assez heureux pour découvrir
dans un ravin, à la base du pic, un ruisseau d'eau
douce qui se jetait dans la mer, et comme c'était à
quelques pas de l'endroit où l'*Eclair* était amarré, il
y transporta la vaisselle et les ustensiles de cuisine
pour y préparer le déjeuner.

Un beau tapis de gazon, tout émaillé de renoncu-
les lui parut être une table d'un goût exquis, et,
sans façon, il y dressa le couvert. Puis, joyeux et
guilleret, il se mit à fredonner son refrain favori ;
en même temps il disposait entre deux pierres
un foyer pour faire cuire un homard et une grosse
anguille qu'il avait pris de bon matin sous les
rochers.

Au bout d'une heure environ, Marcel revint avec
deux magnifiques cailles qui produisirent sur
Nicaise la plus heureuse impression. Elles furent
immédiatement mises à la broche, et quand Trinitus, de retour, aperçut le festin de Balthazar qui
s'apprêtait, il demeura un moment tout interdit.

Cependant le sang-froid de ses bons amis le fit
tout-à-coup partir d'un éclat de rire. A l'ombre
d'une immense touffe de fougères, Marcel ouvrait
paisiblement des huîtres, et Nicaise, étendu sur
l'herbe, tournait avec méthode, devant un feu clair,
la baguette de bois qui soutenait son rôti.

Du reste, Trinitus, tout en fabriquant chez le forgeron le ressort de son tonnerre, n'avait pas oublié que le vieux Nicaise était loin de mépriser un verre de bon vin, et il rapportait deux échantillons des meilleurs crûs des Açores. Le cuisinier déclara, en effet, que c'était là une excellente idée. On s'assit sur le gazon pour déjeuner et l'on causa longuement des malheureux naufragés du *Richmond*. Plus que jamais, on avait l'espérance de les retrouver un jour, et l'on se promettait déjà de vivre en famille dans quelque pays charmant.

— Quelle joie ! quelle fête ! s'écriait Nicaise. Je sens que je me révèlerai tout à coup grand cuisinier !... Après avoir manié l'aviron et la bêche, j'adopterai définitivement la casserole. Ce sera ma troisième transformation !...

Un paysage sous-marin.

CHAPITRE IV

L'ŒUVRE SECRÈTE DES FLOTS

L'ombre crépusculaire baignait déjà le pic des Açores, et l'*Eclair*, soigneusement réparé par Trinitus et ses compagnons, n'était pas encore parti.

La journée avait été employée à fixer sous la coque du bateau les escarpolettes proposées par Marcel, et par un des quatre tubes respiratoires qui traversaient la cale, Trinitus avait fait passer la chaîne métallique et le harpon de fer destiné, selon les vœux de Nicaise, à foudroyer les animaux marins les plus redoutables.

Ce tonnerre artificiel était un chef-d'œuvre de simplicité. En tirant au moyen d'une corde un ressort adapté à la tige de métal vers laquelle convergeaient tous les courants électriques fournis par les piles, on mettait cette tige en communication avec l'extrémité supérieure de la chaîne qui portait le harpon, et soudainement l'énorme quantité d'électricité dépensée à faire mouvoir le bateau, devenait un formidable agent de destruction.

La chaîne servait à conduire le fluide électrique dans la plaie produite par le harpon, de même que la ficelle du célèbre cerf-volant de Franklin, conduisait jusque sur le sol la foudre dérobée aux nuages.

Cette arme terrible, cette flèche foudroyante, était suspendue comme une épée de Damoclès à égale distance des trois escarpolettes, afin que de chacune d'elles on pût aisément la saisir. La chaîne, enroulée comme celle des harpons dont on fait usage pour la pêche de la baleine, avait environ une longueur de trente-cinq mètres. A côté d'elle pendait la corde attachée au ressort.

Il était presque nuit lorsque les trois voyageurs quittèrent les Açores. Trinitus immergea l'*Eclair* après s'être éloigné des nombreux récifs qui se dressent autour de l'île, et le fit descendre à une très grande profondeur. Le tube manométrique marquait environ trois cent cinquante mètres quand il fit reprendre au bateau sa course horizontale.

Autour des îles volcaniques, le fond de la mer, extrêmement accidenté, est tout hérissé de récifs et de rochers aux formes imposantes et pittoresques. Ces masses de pierres ont coulé des volcans à l'état

de lave ; elles ont été disloquées et bouleversées par
les tremblements du lit de l'Océan, et peu à peu
leur volume s'est accru avec le nombre des érup-
tions sous-marines.

Lorsque les volcans ont cessé d'apporter et d'en-
tasser tous ces matériaux, la mer leur a donné, suivant son caprice et sa fantaisie, les formes les plus
diverses. Elle a patiemment limé, buriné, sculpté
les blocs informes vomis par les cratères ; elle a
complété, par un travail artistique et presque intelligent, l'œuvre de la force brutale. Lentement
les montagnes sous-marines à peine ébauchées ont
été dégrossies et disséquées ; leurs cimes se sont
amincies en aiguilles, et leurs flancs ont été percés
à jour par le frottement continuel des eaux. Les
vallées grossièrement indiquées par un sillon obtus
ont été creusées et fouillées jusqu'à de très-grandes
profondeurs ; partout l'élégance et la grâce ont rem-
placé la lourdeur et l'énormité.

On sait avec quelle rapidité l'air, aidé de la pluie
et de la gelée, désagrége les rochers de nos montagnes. Il leur donne toutes sortes d'aspect et de con-
figurations étranges. Or, la mer, grâce aux propri-
étés dissolvantes de ses eaux salines, doit être, on
le comprend, beaucoup plus érosive encore que l'atmosphère. Elle mord et ronge sans cesse les roches
qu'elle baigne ; et les dégradations journalières des
falaises de nos côtes le prouve surabondamment.

Cette action de la mer est si puissante, qu'on a
même vu quelquefois des îlots entiers, minés par
les vagues, s'écrouler tout à coup dans les flots.
C'est ainsi qu'ont disparu il y a peu de temps, l'île

Julia, et plus tard, en 1630 et en 1723 deux petites îles de l'archipel des Açores.

Aussi, quand Trinitus et ses compagnons, revêtus de leurs scaphandres et paisiblement assis sur
leurs escarpolettes, se trouvèrent à plus de trois
cents mètres au-dessous de la surface des flots, ils
aperçurent avec un vif étonnement qu'ils étaient des-
cendus dans un véritable palais sous-marin.

Les innombrables récifs à travers lesquels ils se
frayaient prudemment un chemin, en ralentissant
autant que possible la marche de l'*Eclair*, leur
semblaient être les débris d'une multitude de monu-
ments fantastiques plutôt que des rochers. Ils
croyaient voir les ruines majestueuses d'une immense cité. Des piliers, des colonnes, des portiques
d'une hauteur prodigieuse se dressaient autour du
bateau. D'audacieux arcs-boutants se détachaient et
s'entre-croisaient de tous côtés; des cavernes et des
grottes sans fond montraient çà et là leurs monstrueux orifices; des balustrades et des galeries à
jours couronnaient les énormes masses que l'eau
n'avait pu façonner.

Au fond de la mer, au niveau même du sol qui
supportait toute cette féerique architecture, s'ouvraient des ruelles d'une étroitesse extrême, d'é-
normes crevasses, des fissures et des hiatus d'une
incroyable profondeur.

Mais tout à coup, les trois voyageurs virent avec
épouvante un porche aux contours démesurés qui
bâillait devant eux comme une porte de l'enfer.
L'Océan s'engouffrait dans une nuit épaisse, sous
les mystérieuses voûtes qui le continuaient.

Trinitus, stupéfait, fit reculer le bateau !

En présence de ce gigantesque portail qui s'ouvrait sur un abîme incommensurable, Nicaise et
Marcel à leur tour demeurèrent tout interdits.

Où conduisait cet immense tunnel sous-marin ?
Etait-il prudent de s'y engager?... N'était-ce pas un
labyrinthe d'où l'on ne pourrait peut-être plus sortir ?... Telles étaient les graves questions que se
faisaient les trois voyageurs. La splendeur du
paysage qui se déroulait autour du bateau, leur
faisait regarder avec défiance ce gouffre plein de
ténèbres. Il leur semblait qu'ils allaient quitter le
domaine de la vie, pour entrer dans celui de la
mort.

Et véritablement, ils avaient sous les yeux une
frappante antithèse : De toutes parts, sur les rochers à travers lesquels ils venaient de se frayer
un chemin, s'élevait une végétation pleine de magnificence. La mer, après avoir fait des laves qu'elle
submergeait, une ville extraordinaire, l'avait peuplée de millions d'animaux et de plantes. Les portiques, les colonnes, les piliers, les arcs-boutants
étaient revêtus d'êtres vivants qui masquaient les
anfractuosités et les angles du rocher. La pierre
disparaissait sous cette floraison magique. Des légions de poissons voyageaient à travers les arceaux ;
des groupes de zoophytes et de polypiers dressaient
de tous côtés leurs rameaux animés ; des myriades
de méduses pendaient aux voûtes des grottes, comme
des lustres surchargés de cristaux. Toutes ces merveilles étaient immergées dans l'azur calme et profond de l'Océan.

Au devant du bateau de Trinitus s'ouvrait au contraire la sombre caverne qui semblait n'avoir été creusée que pour abriter les monstres les plus affreux. La mer devait y cacher toutes les difformités qu'elle n'osait produire au grand jour ; l'ouverture même de ce gouffre, menaçante comme la gueule d'une hyène, paraissait contractée par un effroyable rictus. Elle avait une expression repoussante et hideuse.

Trinitus, à cette vue, héla ses compagnons.

— Faut-il entrer ?... demanda-t-il.

— Si nous pouvions tourner à droite !... dit Nicaise.

— Cela se peut, mais alors, nous nous jetons dans la mer des *Sargasses* où les algues nous empêcheront de passer. Ce tunnel nous conduirait probablement du côté des *Canaries*, ce qui nous irait à merveille...

— Eh bien ! fit Marcel, — essayons d'y pénétrer.

— Qu'en dis-tu, Nicaise? repartit Trinitus.

— Moi?... si vous n'avez pas peur, je n'aurai pas peur !...

— Tu es un brave!... En avant! s'écria Trinitus.

L'*Eclair* reprit sa marche, et s'enfonça dans l'abîme. La largeur du tunnel était considérable; la lampe du bateau, éclairant la masse liquide qui remplissait le gouffre, ne jetait sur ses parois qu'une vague lueur. On y distinguait pourtant quelques actinies et des poulpes, fixés aux aspérités de la pierre. Sur les bas fonds rampaient des oursins et des crabes; dans les sombres retraites de la voûte se remuaient confusément des êtres indéfinissables.

Cependant, aucun obstacle n'entravait la marche de l'*Eclair*, et Trinitus crut pouvoir sans danger accélérer sa course. Le bateau fila rapidement, et les voyageurs eurent bientôt l'espérance de trouver à l'autre extrémité du tunnel les îles Canaries.

Tout à coup, la proue du navire heurta violemment le rocher, et l'*Eclair* bondit en arrière.

Ce mouvement de recul, déterminé par l'ingénieux appareil inventé par Trinitus, garantit le bateau d'une perte certaine.

C'était le fond du tunnel; mais il était à craindre que celui-ci ne se terminât par un cul-de-sac...

Trinitus voyant la route du bateau fermée de toutes parts, leva la tête et s'aperçut que la voûte du tunnel manquait en cet endroit. D'horizontale qu'elle était, la galerie sous-marine devenait verticale; elle s'élevait perpendiculairement.

Le savant changea la manœuvre, et le navire monta comme un ballon dans ce gouffre dont la direction laissait présumer qu'il allait s'ouvrir à la surface des flots. Les voyageurs furent hissés dans l'énorme tube de pierre, comme s'ils étaient enlevés du fond d'un puits. Mais soudain, après une longue ascension, l'*Eclair* s'arrêta brusquement. Il avait émergé dans une grotte immense, creusée sous une montagne, et dont la seule issue était précisément ce tunnel sous-marin que l'*Eclair* venait de traverser.

Trinitus et ses compagnons débarquèrent à pied sec. Ils allumèrent des torches à la lampe électrique et gravirent une colline rocailleuse dressée devant eux. Mais quand ils furent au sommet, ils poussèrent un cri d'épouvante. Un autre gouffre de plus de cent mètres de diamètre s'ouvrait à pic sous leurs pas. Ils se couchèrent à plat ventre pour regarder dans cet abîme, et Trinitus y jeta sa torche pour l'éclairer. Celle-ci illumina les parois de sa lumière rougeâtre, puis, tout à coup elle s'éteignit; mais ce ne fut que longtemps après qu'on l'entendit toucher le sol.

Trinitus, très-attentif, réfléchit un moment.

— Cet abîme a six cents mètres de profondeur, s'écria-t-il ; ce ne peut être que la cheminée du grand volcan de Ténériffe, et le tunnel que nous venons de suivre n'est autre chose qu'une de ses ramifications sous-marines.

L'intérieur du volcan

CHAPITRE V

LA CHEMINÉE DE TÉNÉRIFFE

L'intelligent capitaine de l'*Éclair* ne se trompait pas, quand il assurait à ses compagnons effrayés que le tunnel sous-marin qu'ils avaient suivi débouchait dans la cheminée de Ténériffe.

Les hardis voyageurs avaient bien, en effet, traversé les flancs du grand volcan des Canaries. L'o-

rifice intérieur du tunnel s'ouvrait comme une fenêtre dans cet immense puits rempli d'épaisses vapeurs et de gaz sulfureux. Cette atmosphère irrespirable éteignait les torches, et les téméraires explorateurs eussent été infailliblement asphyxiés s'ils
n'eussent constamment reçu par leurs tubes respiratoires l'air artificiel du bateau.

Au-dessous du rocher sur lequel ils s'étaient
assis, l'abîme poussait par intervalles de sourds
grondements. Il semblait qu'un monstre aux proportions inimaginables râlait au fond de ces oubliet-
tes cyclopéennes; c'était à la fois le cri de rage et la
plainte d'Encelade écrasé sous l'Etna.

Ces soupirs déchirants terrifiaient Nicaise et Marcel. Seul, Trinitus interrogeait avidement le
gouffre et cherchait à comprendre cette voix rauque et formidable qui montait jusqu'à lui. Son
oreille était ouverte à tous les bruits, son regard
curieux fouillait les ténèbres; dans son cerveau
surexcité, mille problèmes trouvaient leur solution.
Le savant avait complétement effacé le marin.

La cheminée volcanique se prolongeait au-dessus
de l'énorme ouverture du tunnel, pour aller s'ouvrir dans les airs par un vaste cratère.

Trinitus y regardait à chaque instant pour
voir si la lumière du jour ne lui apparaîtrait pas à
travers l'orifice du volcan; mais il n'y pouvait distinguer le moindre reflet d'un rayon de soleil.

— C'est bien étrange, disait-il, qu'un cratère
d'environ quatre cent cinquante mètres de diamètre, ne nous laisse pas entrevoir le ciel!... Il est
vrai que ce cratère s'ouvre à trois mille sept cents

mètres au-dessus de nos têtes; distance qui doit considérablement le rapetisser à nos yeux...

— Docteur, répondait Marcel, je crois qu'il est temps de partir... Ecoutez ces grondements terribles !...

— Il faut que tous les mille millions de diables de l'enfer soient tombés dans ce trou ! ajoutait Nicaise : je vous en prie, allons-nous-en !...

— Poltrons ! reprenait Trinitus, nous sommes en présence d'un spectacle que nous seuls aurons été les premiers à contempler !

— On n'y voit plus rien, répliquait Marcel; nos flambeaux s'éteignent !

— C'est l'effet de l'acide carbonique et de l'acide sulfureux, répondait le savant.

— Et vous comptez recevoir de la lumière d'en haut ? demandait Nicaise.

— Je l'espérais d'abord ; mais à présent je m'explique pourquoi cela n'est pas. Ténériffe est un volcan éteint, mais dont le cratère vomit toujours de la fumée. La cheminée, et par conséquent le pic dont elle occupe le centre, s'élève de trois mille sept cents mètres au-dessus du niveau de la mer... Nous nous trouvons en ce moment à ce niveau ; nous avons donc entre nos yeux et l'ouverture du cratère une colonne de fumée de trois mille sept cents mètres d'épaisseur qui doit être impénétrable aux rayons du soleil.

Marcel allait répondre à Trinitus, quand tout à coup une forte explosion retentit sourdement au fond de l'abîme. Une lueur d'un rouge de feu illumina subitement l'intérieur du volcan; les parois

du gouffre toutes hérissées de gigantesques blocs
de rochers, étincelèrent comme des charbons ardents ; un torrent d'épaisses vapeurs et de cendres
incandescentes s'éleva rapidement dans l'énorme
cheminée qui semblait être de braise...

Les trois compagnons, éblouis par cet incendie
instantané furent frappés de terreur et de stupéfaction. Trinitus lui-même frissonna, croyant sa dernière heure venue !...

Un colossal plateau de lave ardente bouillonnait
sous leurs pieds. Cet océan de fonte en fusion enva-
hissait la cheminée du volcan et montait vers les
voyageurs avec une effrayante rapidité. C'était le
commencement d'une éruption !

En quelques secondes, cette épouvantable marée
de minéraux liquéfiés allait atteindre la roche sur
laquelle se trouvaient Trinitus et ses amis. Elle allait arriver au niveau de l'ouverture du tunnel et
se déverser avec un épouvantable fracas dans la galerie sous-marine.

Les trois hommes, pétrifiés à la vue de cette
montagne de feu qui s'élevait du fond de l'enfer
pour les engloutir, se cramponnaient au rocher au
lieu de songer à prendre la fuite. Ils se sentaient
déjà calcinés par cette masse flamboyante qui fondait les parois mêmes du volcan à mesure qu'elle
les recouvrait. D'épouvantables craquements se faisaient entendre ; c'étaient les rochers et les flancs de
la cheminée volcanique qui se crevassaient au contact de l'horrible brasier. Tenter d'échapper à ses
atteintes devait paraître absurde à Trinitus et à ses
compagnons, aussi, les yeux hagards et les cheveux

dressés par l'épouvante, attendaient-ils leur dernier moment.

La lave montait toujours.

Mais soudain après un craquement formidable, on entendit un sifflement aigu... La cheminée avait éclaté au niveau du tunnel sous-marin, et par une étroite fissure un filet d'eau tombait dans la fournaise...

Ce sifflement strident tira Trinitus de sa stupeur. D'une main il saisit Nicaise, de l'autre Marcel.

— Partons! s'écria-t-il, l'*Éclair* aura peut-être le temps de sortir du tunnel avant que la lave soit montée jusqu'ici...

Mais Nicaise et Marcel, déjà saisis par le vertige de l'abîme, ne comprenaient pas que Trinitus, à ce moment suprême, songeât encore à se sauver. Ils regardaient le savant d'un air hébété, et malgré ses supplications, ils restaient cloués à la même place, sur le rocher brûlant qui peu à peu éclatait et se fendait sous leurs pieds... L'épouvante les rendait fous.

Cependant, les mugissements du gouffre devenaient plus retentissants, et la lave ardente montait toujours.

— Venez! venez! criait Trinitus, nous avons encore le temps!...

— Nous sommes perdus!... disait Nicaise.

— Il est trop tard!... murmurait Marcel.

— Mais, je vous en supplie!... suivez-moi!... l'*Éclair* va si vite!... nous pouvons nous sauver!... répétait le savant dévoré par les plus cruelles angoisses.

C'était en vain. Les deux amis de Trinitus, pa-
ralysés par l'épouvante et anéantis par l'horreur
même du supplice qui les menaçait, demeuraient
immobiles et résistaient aux efforts du savant. La
mort qu'ils entrevoyaient était si grandiose et si
imposante, qu'au lieu de l'éviter, ils cherchaient à
courir au devant d'elle.

— Oh! mon Dieu! mon Dieu! voilà la lave
Elle va se répandre sur nous!... Venez, au nom du
ciel! ne cessait de crier le malheureux Trinitus.

L'immense lac de feu s'élevait de plus en plus,
comme poussé par une puissance infernale. Des
gerbes de flammes et des torrents de vapeurs s'é-
chappaient de son sein, d'immenses bulles crevaient
à sa surface avec une explosion retentissante comme
le bruit du canon, et faisaient bouillonner cette masse
de minéraux fondus, comme un océan soulevé par
la tempête.

Les innombrables échos de la cheminée volcanique répercutaient les grondements et les explosions
de la lave, et le volcan tout entier frissonnait comme
un malade tourmenté par la fièvre.

Tout à coup une portion du rocher sur lequel
Nicaise et Marcel persistaient à se maintenir, se
détacha brusquement et tomba dans le gouffre avec
un fracas pareil à celui du tonnerre. La rupture se
fit presque sous les pieds des voyageurs, et tous
trois poussèrent un cri d'épouvante et de désespoir,
se croyant précipités dans l'abîme...

Cette violente secousse réveilla chez Nicaise et
Marcel l'instinct de la conservation. Entraînés par
un dernier effort de Trinitus, ils firent un brusque

mouvement en arrière, et roulèrent avec le savant
jusqu'au pied du rocher qu'ils avaient gravi en
quittant le bateau.

L'*Eclair* était là, prêt à les recevoir ; mais il
était impossible d'y pénétrer par le cylindre établi
sous la coque... Le voisinage de la lave avait élevé
d'environ 60 degrés la température des eaux ren-
fermées dans le tunnel sous-marin !...

Cette fois Trinitus comprit qu'il était impossible
d'échapper à la mort. Cependant il détacha de son
appareil à plonger le tube respiratoire, il en fit faire
autant à ses deux compagnons, et tout haletant, en
proie à la plus vive anxiété, il ouvrit à la hâte une
des portes-fenêtres du bateau, Nicaise et Marcel se
précipitèrent dans la cabine, et le savant s'y jetant
après eux referma la porte derrière lui...

Il était temps !...

A ce moment, en effet, le débris du rocher qui
s'éparait l'*Eclair* de la cheminée volcanique
s'écroulèrent dans un tourbillon de scories incandescentes, et les voyageurs, à demi morts, virent
une large barre de feu atteindre l'énorme brèche
qui venait de s'ouvrir.,.

C'était la lave bouillante, toute prête à s'épancher
dans le tunnel.

— La voilà !... la voilà !... s'écria Marcel...

— Tout est fini !... recommande ton âme à Dieu !...
soupira Nicaise...

Mais Trinitus avait saisi le levier qui faisait passer le courant électrique dans les rouages du bateau
et l'*Eclair* s'engouffra subitement dans les eaux du
tunnel, dont la température s'élevait de plus en

plus. La paroi qui les séparait de la cheminée volcanique était alors probablement vitrifiée par le contact de la lave, et dans la cabine du bateau la chaleur était si intense, que Trinitus s'attendait à chaque instant à de nouveaux malheurs.

Mais ce que le savant redoutait alors, fut au contraire ce qui le sauva lui et ses compagnons. En effet, les piles électriques dont la puissance augmente comme on sait avec la température, extrêmement surexcitées par la chaleur des eaux du tunnel, redoublèrent d'activité et fournirent promptement assez d'électricité pour que l'*Eclair* pût doubler de vitesse.

En quelques secondes le tunnel fut franchi, et le bateau de Trinitus en sortit pêle-mêle avec une infinité de poulpes, de méduses, d'actinies, de crustacés, de congres, de squales et autres animaux marins qui fuyaient devant une catastrophe imminente.

Soudain, un horrible bruit, qui ne pouvait être comparé qu'à la décharge simultanée de plusieurs batteries, retentit sous la mer.

— C'est la lave qui fait irruption dans le tunnel!... s'écria Trinitus; mais nous sommes à présent à l'abri de ses atteintes!...

Marcel et Nicaise, émus jusqu'aux larmes, se jetèrent au cou du savant.

Ce jour-là, les habitants de Ténériffe, après quelques secousses de tremblement de terre; s'aperçurent que le volcan vomissait d'épais nuages de vapeur d'eau. L'éruption n'eut pas d'autres suites; le tunnel sous-marin, comblé par les laves, préserva peut-être l'île d'un bouleversement!...

L'*Eclair* dans la mer des Sargasses.

CHAPITRE VI

LA MER DES SARGASSES

Après avoir échappé au terrible danger qu'ils
avaient couru dans le tunnel, Trinitus et ses deux
amis se retrouvèrent en présence de cette mystérieuse *mer des Sargasses,* à travers laquelle le capitaine de l'*Eclair* n'avait pas osé s'aventurer.

Il fallait pourtant bien cette fois s'y résoudre,
car la navigation sous les flots était impossible le
long de la côte d'Afrique, à cause des innombrables écueils semés sur cette route ; et la mer était
si houleuse ce jour-là qu'il eût été fort dangereux
de voyager à sa surface.

Trinitus fit part à ses compagnons de ses per-
plexités.

— Mes chers amis, leur dit-il, le chemin le plus
sûr que nous ayons à suivre est précisément celui
que nous voulions éviter. Nous allons traverser la
mer des Sargasses, pour gagner les îles du Cap-Vert.

— Hum ! fit Nicaise en hochant la tête, nous
n'en sortirons jamais !...

— Allons donc !... s'écria Marcel, le docteur
vient de nous sauver de l'enfer, il ne peut pas nous
perdre dans une forêt sous-marine !...

A ces mots, le vieux marin haussa les épaules.

— Tu parles comme un enfant !... dit-il à son
neveu ; si tu connaissais les sargasses, tu tiendrais
un autre langage, j'en réponds...

— Ce sont des algues marines...

—Oui !... des algues marines qui n'ont pas moins
de mille mètres de longueur !... L'*Eclair* fera une
jolie figure dans cette salade... une aiguille dans
un char de foin !...

— Des plantes d'un kilomètre ! est-ce possible ?
demanda Marcel.

— Parfaitement, répondit Trinitus. Nicaise a
raison. Les sargasses, que les marins appellent encore *raisins des tropiques*, parce qu'elles portent des
baies semblables aux fruits de la vigne, atteignent,
dans les parages où nous sommes, une longueur
démesurée. Les naturalistes nomment ces algues
fucus nageurs ; et, dans la mer que nous devons traverser, elles sont tellement épaisses et nombreuses,
que leurs rameaux entrelacés arrêtent quelquefois
la marche des navires...

—J'ignorais tout cela, interrompit Marcel ; mais, ajouta-t-il, cette mer des Sargasses a-t-elle beaucoup d'étendue ?

— Elle a quatre ou cinq fois la superficie de la France, répondit Trinitus. Elle occupe tout l'espace compris entre les Açores, les Canaries, les îles du Cap-Vert et le 50° degré de longitude.

— Tout cela n'est guère rassurant, reprit Marcel ; mais enfin, puisque nous n'avons pas à choisir, il faut bien passer par là...

— Il vaut mieux, en effet, continua Trinitus, être arrêté par de longues herbes que brisé par des rochers...

— C'est très-juste, grommela Nicaise ; mais je suis curieux de savoir comment nous en sortirons.

— Avec du courage ! répondit Marcel.

Trinitus saisit la barre, et l'*Eclair* partit dans la direction des îles du Cap-Vert.

— Comment se fait-il, demanda tout à coup le neveu de Nicaise, que toutes ces algues qui forment la mer des Sargasses se soient réunies en si grand nombre au même endroit?

— Rien n'est plus naturel, répondit Trinitus ; mais pour comprendre ce phénomène, il faut une idée des innombrables courants qui circulent dans l'Océan. Il faut savoir que dans ces immenses mers qui baignent les trois quarts du globe, il n'est pas une goutte d'eau qui ne soit sans cesse en mouvement. Ces masses liquides qu'on croirait seulement soulevées par les vents, travaillent presque avec intelligence. Elles sont agitées et remuées par des courants de deux ordres : les uns circulent *verticale-*

ment de la surface au fond de la mer; les autres *horizontalement* d'un point à l'autre de sa surface; ou bien à diverses profondeurs.

Le soleil, le sel contenu dans l'eau de la mer, et les polypiers qui tapissent de leurs concrétions les rochers sous-marins, sont les seuls agents de ces mouvements réguliers et continuels qui s'accomplissent au sein des océans.

Sous les tropiques, le soleil évapore rapidement la couche superficielle des eaux de la mer. Ces eaux, en s'évaporisant, abandonnent leur sel aux couches immédiatement inférieures, et le poids de celles-ci se trouve considérablement augmenté.

Elles tendent à descendre vers le fond de la mer, et par conséquent elles établissent un *courant vertical descendant*.

Mais au fond de la mer habitent les innombrables légions des polypiers; et ces animaux travaillent en sens inverse du soleil. Ils diminuent la densité des profondes couches d'eau qui les baignent, en les dépouillant de leur sel pour bâtir leurs concrétions, et ces couches aqueuses rendues plus légères s'élèvent à la surface, en établissant un *courant vertical ascendant*.

— Ma foi, fit Marcel, voilà bien en effet deux courants verticaux! l'un déterminé par la chaleur du soleil, descendant de la surface au fond de la mer; l'autre déterminé par les polypiers remontant du fond de la mer à la surface!...

— C'est cela, reprit Trinitus.

Revenons à présent sous les tropiques. L'évaporation y fait baisser d'une certaine quantité le ni-

veau de la mer; mais les vents chassent vers le pôle
toute la vapeur d'eau qui s'est élevée dans les airs.
Dans les régions polaires, les vapeurs aqueuses se
condensent en nuages qui fondent en pluies torrentielles, et dans ces régions le niveau de la mer s'é-
lève autant qu'il s'est abaissé sous les tropiques.

— Ce qui s'enlève d'ici retombe là-haut... c'est
tout naturel, interrompit Nicaise.

— Mais, poursuivit le savant, cette différence de
niveau ne pouvant exister à cause de la mobilité du
liquide, deux grands courants s'établissent du pôle
à l'équateur et de l'équateur au pôle pour rétablir
l'équilibre détruit. Les premiers sont des courants
d'eau froide, les autres des courants d'eau chaude,
et c'est le plus remarquable d'entre eux, le *Gulf-
Stream*, qui maintient la mer des Sargasses à l'endroit qu'elle occupe...

Le Gulf-Stream est le plus vaste courant d'eau
chaude que nous connaissions. Il prend naissance
dans le golfe du Mexique, s'en échappe par le canal
de Bahama, longe les côtes de l'Amérique septentrionale jusqu'aux bancs de Terre-Neuve, et de là se
porte horizontalement vers l'Orient jusqu'à la hauteur des Açores. En cet endroit il se divise en deux
branches : l'une suit les côtes d'Afrique, ne s'en
écarte qu'au niveau de l'Equateur pour se confon-
dre avec le grand courant équatorial ; l'autre pénètre dans la Manche et la mer du Nord, pour aller
se perdre dans l'Océan glacial arctique.

La vitesse du Gulf-Stream égale celle de nos
fleuves les plus rapides; mais la masse d'eau qu'il
entraîne est deux ou trois mille fois plus considé-

rable que celle des plus grands cours d'eau qui arrosent la terre.

Cet immense courant traverse l'Atlantique avec une telle impétuosité, que ses eaux ne se mêlent pas à celles de l'Océan. Leur couleur d'un bleu foncé, due à la grande quantité de sel qu'elles renferment, tranche très-nettement à côté des eaux verdâtres qui forment les rives mobiles de ce fleuve majestueux.

Dans les régions polaires, la température du Gulf Stream, même pendant l'hiver, est supérieure d'environ 25 degrés à celle des mers glaciales traversées par le courant. Aussi, au contact de ces eaux chaudes, les contrées boréales, baignées par l'océan Arctique, sentent-elles leurs glaces se liquéfier et la rigueur de leur climat s'adoucir. Le Gulf Stream réchauffe les terres désolées du pôle; il leur porte le soleil de l'équateur dissous pour ainsi dire dans ses flots d'azur, et leur amène des régions tropicales assez de chaleur pour qu'elles puissent en tirer un petit printemps. Le vaste courant de l'Atlantique est la grande artère de l'Océan. Ses eaux tièdes répandent la vie dans les pays déshérités de soleil, comme le sang artériel la distribue à nos organes.

Si vous examinez sur la carte le Gulf Stream dans sa courbure méridionale, vous verrez qu'en se réunissant avec le grand courant de l'équateur, il forme autour de la mer des Sargasses un anneau à peu près complet. Il est donc naturel que cet immense amas de plantes marines occupe le centre de cet anneau, le Gulf Stream se comportant avec les Sargasses comme le fait un tourbillon avec les objets flottants qu'il entoure de sa mouvante ceinture.

Pendant que Trinitus parlait, Nicaise et Marcel écoutaient en silence cette leçon de géographie physique. Le savant leur montra sur un magnifique atlas ouvert sur la table la direction de tous les courants océaniques ; et cette étude parut très-intéressante au vieux marin, qui ne croyait pas la mer capable d'aussi grandes choses. Il n'avait jamais entendu parler des courants que d'une façon très-incomplète ; il ignorait absolument la salutaire influence de leurs eaux tièdes, et il s'imaginait que la nature, en les plaçant au sein des mers, n'avait eu d'autre but que de tendre des piéges aux vaisseaux pour les détourner de leur route et les égarer.

Trinitus lui fit comprendre que, grâce aux travaux de Franklin, de Humboldt, et surtout à ceux plus récents du commandant Maury, les courants étaient au contraire des chemins très-importants à connaître, et que les navigateurs devaient en profiter pour accélérer la vitesse de leurs navires. Après cette leçon sur la circulation de l'Océan, Nicaise se sentit pénétré d'admiration.

La mer, qu'il n'avait jamais regardée que comme une masse terrible et brutale, lui sembla tout à coup bonne et intelligente. Ces ondes transparentes qu'il voyait à travers les vitres de l'*Éclair* lui parurent pleines de vie ; il comparait dans son enthousiasme les courants verticaux et horizontaux aux veines et aux artères de son corps ; mais ce qui le charmait le plus, c'était la simplicité des causes qui mettaient

5

en mouvement cette puissance formidable : l'O-
céan !

En haut, un rayon de soleil et une bouffée de
vent ! en bas un faible animalcule, le polype ; dans
l'eau, quelques parcelles plus ou moins nombreuses
d'un simple minéral, le sel ; et cela suffisait à remuer de fond en comble toutes les mers !... Dans
ces abîmes incommensurables, pas une goutte d'eau
n'était inutile ; la plus humble molécule liquide
avait son rôle et son emploi. Tantôt elle fournissait
des matériaux au polypier ; tantôt elle s'élevait en
vapeur dans l'atmosphère pour retomber en pluie ;
tantôt froide et dépouillée, elle courait du pôle à
l'équateur ; tantôt enfin, chaude et vivifiante, après
avoir été régénérée par le soleil, elle s'élançait de
l'équateur au pôle pour réchauffer les extrémités
glacées du globe vieillissant.

Marcel n'avait pas écouté moins attentivement les
explications de Trinitus. L'imposante grandeur et
l'admirable harmonie de la nature le frappaient
d'étonnement.

Tout à coup, d'immenses murailles de végétaux
fantastiques se dressèrent autour de l'*Éclair*, mai.
celui-ci, lancé à toute vitesse, les abattit sur son
passage comme une faux tranche l'herbe des prés.

Bientôt pourtant, enlacé par des milliers de cor-
des vertes, le bateau s'arrêta...

Il était sur la lisière de la mer des Sargasses !

Les formidables animaux qui se ruaient ainsi sur l'*Éclair* étaient
d'énormes cachalots.

CHAPITRE VII

LE TROUPEAU DES CACHALOTS

Aussitôt que l'*Éclair* se fut enfoncé dans les premiers massifs herbeux de la mer des Sargasses, Trinitus comprit, à la résistance qu'éprouvait le bateau, combien la traversée serait longue et péni-
ble.

— Je ne vois qu'une chose à faire, dit-il à ses
compagnons. Il nous faut descendre sur les escarpolettes, nous y attacher solidement pour ne pas
être désarçonnés par les plantes marines qui pour-
raient nous accrocher, et, à l'aide de nos harpons,

frayer une route à l'*Éclair* lorsque les algues l'empêcheront d'avancer.

— Ah ! ah ! fit Marcel, mes escarpolettes vont nous rendre un fameux service !...

— Elles vont nous sauver !... répondit Trinitus, en se révêtant à la hâte de son appareil.

— Patience ! observa le prudent Nicaise, nous ne saurions prendre trop de précautions. La mer que nous allons traverser est une véritable forêt vierge. Nous y trouverons une infinité d'animaux marins que nous serons peut-être forcés de combattre. N'oublions pas nos couteaux,

— Tu as raison, répliqua Trinitus. Nous devons être prêts à tous événements. Armons-nous de pied en cap, et songeons, pour ne pas perdre courage, que nous avons une foudre électrique capable d'anéantir nos plus énormes ennemis.

Le savant, après avoir terminé ses préparatifs, se glissa dans le large cylindre qui s'ouvrait sous le bateau , remit le casque vitré de son appareil en communication avec le tube de caoutchouc qui puisait l'air dans la cabine, et s'assit sur une des trois escarpolettes.

Nicaise et Marcel ne tardèrent pas à le rejoindre et les longues sargasses qui s'étaient enroulées autour de l'*Éclair* ayant été coupées ou arrachées par les crochets des harpons, le navire, quoique à chaque instant entravé par de gigantesques végétaux, put néanmoins continuer sa route.

Cependant les algues s'épaississaient de plus en plus ; elles étaient si denses et si serrées, que suivant l'expression de Christophe Colomb, « la mer en paraissait prise, comme elle l'eût été par la glace. » Les eaux transformées en une sorte de magma verdâtre semblaient se solidifier. L'Océan ne pouvait être comparé en cet endroit qu'à une forêt submergée; et le bateau de Trinitus était empêtré dans ces avalanches de feuillages, comme une fourmi dans une botte de foin.

D'immenses draperies végétales formaient au devant de lui des sortes de cloisons oscillantes à travers lesquelles il se frayait un chemin comme les écuyers des cirques passent à travers des ronds de papier.

Pourtant la besogne était rude et même elle devenait impossible. Les trois voyageurs se fatiguaient énormément à couper, à écarter, à arracher ces milles bras verdoyants qui les saisissaient et les enchaînaient dans leur course.

Ils avaient en outre à se défendre contre les poissons et les mollusques redoutables qui foisonnaient dans cette mer. A coups de harpon ils éloignaient les morses, les squales, les murènes, les roussettes, et deux fois ils durent faire usage de la foudre électrique pour détruire de gigantesques poulpes qui tendaient vers eux leurs horribles tentacules.

Mais quand cette impénétrable forêt s'éclaircissait un peu, le spectacle le plus grandiose et le plus féerique du monde s'offrait à leurs regards. Marcel et Nicaise étaient stupéfaits, Trinitus ébloui par ce qu'ils voyaient.

Outre l'immense quantité de sargasses chargées de leurs grappes de fruits, toutes les algues connues

fleurissaient autour d'eux ; et le savant en découvrait bon nombre qui n'avaient jamais figuré dans
l'herbier d'aucun botaniste.

Au milieu d'épais buissons de *laminaires* et d'*hy-
poglosses* aux feuilles planes, se dressaient les *lomen-
taires* cylindriques, recouvertes d'un mucilage
hyalin, semblable à un revêtement de cristal. Les
chondrus étalaient comme de riches tentures leurs
larges frondes que l'on croirait capricieusement
découpées dans un taffetas rose ; les *amansia* dé-
ployaient avec un luxe prodigieux leurs réseaux
de dentelles, et les *claudea* leurs expansions mem-
braneuses en forme de serpe émoussée. A travers
cet amas et cet entassement, rampaient les cylin-
dres onctueux de l'*ulve intestinale*, que les marins
nomment *boyau de mer*. Les *catenelles* et les *chœto-
phores* qui ressemblent à de longs chapelets à grains
énormes, tombaient en guirlandes sur les broderies
des *anadyomènes* et les *chordaria* enlaçaient de leurs
fils cartilagineux et nacrés, des gerbes de *fucus*, sur
lesquels des milliers d'*acétobulaires* ouvraient leurs
élégants parasols.

Mais ces profondes masses de végétaux de toutes
couleurs renfermaient des myriades d'animaux, dont
les plus humbles se nourrissaient des algues, et
dont les plus gros faisaient la chasse aux petits. On
y voyait tous les molusques, tous les crustacés, tous
les zoophytes possibles. Les coquillages brillamment colorés des *porcelaines*, des *buccins*, des *patel-
les*, des *néritines*, des *murex*, des *cardes*, des *haliotides*
etc.., pendaient comme des fruits à l'extrémité des
plantes ; et dans les eaux d'azur qui baignaient ce

monde fantastique, passaient des légions de *crabes* et
de *palémons*, des *némertes* et des *syllis* aux anneaux
innombrables, des *apolémies* et des *prayas*, sortes
de franges animées, qui promènent au sein des flots
des réseaux d'étincelles.

Cependant, après deux heures du plus rude la-
beur pour se faire jour à travers toutes ces merveilles, les trois compagnons sentirent leurs forces les
abandonner.

Ils se virent avec terreur enclavés au milieu de
la mer des Sargasses, et Trinitus, en proie à de
douloureuses appréhensions, se trouva pour la première fois de sa vie peut-être, extrêmement embar-
rassé.

Après avoir dépensé tout leur courage et toute
leur énergie en efforts impuissants et en luttes
formidables, le savant et ses compagnons reconnurent avec épouvante l'horreur de leur situation.

Le bateau était pris dans un enchevêtrement de
longues algues marines comme dans les mailles d'un
gigantesque filet ; et toutes les tentatives qu'il faisait pour s'arracher aux horibles étreintes de ces
lianes visqueuses, ne servirent qu'à l'embarrasser
davantage. Il était attaché, lié, enchaîné au fond de
la mer ; et, comme par une cruelle ironie, ces chaî-
nes inextricables étaient des guirlandes de fleurs.

L'*Eclair*, captif, avait beau résister et se débattre,
il était devenu la proie des êtres vivants qui s'accro-
chaient à lui de toutes parts. Il agonisait sous les
nœuds de verdure qui le serraient, comme une
mouche prise à la toile d'une araignée est étouffée
sous les fils soyeux dont le monstre l'enlace. Tous

ces végétaux étranges semblaient le retenir avec une
sorte de plaisir sauvage, et des milliers d'animaux
marins se groupaient autour de sa coque métallique, qui paraissait exciter au plus haut point leur
curiosité. Les poissons la flairaient avec étonnement ; les crustacés surpris la palpaient et la cares-
saient de leurs antennes ; les mollusques gluants se
promenaient insolemment sur elle ; les polypiers et
les spongiaires y fixaient leurs larges pieds, et en
prenaient hardiment possession.

Peu à peu le dôme de cuivre disparaissait sous
un revêtement d'algues et de monstres marins.

Les cordages des escarpolettes et les voyageurs
eux mêmes n'étaient pas d'ailleurs beaucoup plus
respectés. Une flore et une faune, aussi terribles
que pittoresques, les envahissaient. De hideuses légions de crabes s'attachaient à eux ; une foule d'a-
némones et de méduses se fixaient aux appareils
plongeurs, et, comme Philémon et Beaucis, les in-
fortunés navigateurs semblaient se transformer en
végétaux. Mais cet ensevelissement de trois hommes
sous des êtres organisés et pleins de vie était épouvantable. Trinitus voyait le moment où le nombre
triompherait de la force et de l'adresse, et, dans
son imagination apparaissait le spectre de la mort
la plus horrible.

Toutes ces bouches hideuses baillaient autour de
l'*Eclair*, désormais impuissant à les fuir ; toutes
ces gueules aux dents acérées, toutes ces pinces,
toutes ces tenailles, toutes ces ventouses, tous ces
suçoirs, tous ces crochets, tous ces ongles, toutes
ces griffes dont le nombre augmentait sans cesse,

étaient destinés à déchirer en mille pièces le pauvre
savant et ses malheureux compagnons.

Comment se soustraire à cette mort affreuse, à
ces atroces tortures, à cette horrible agonie?... Nul
n'y songeait, tant le salut paraissait impossible ; et
chacun était trop épouvanté pour murmurer ou se
plaindre.

Rentrer dans le bateau?... C'était évidemment
l'unique moyen d'échapper au supplice imminent ;
mais alors il fallait se résigner à rester enclavé
dans les algues, et à attendre la mort par inanition,
cent fois plus affreuse que celle qui se présentait la
première.

Trinitus, sans faire part à ses amis des cruelles
angoisses auxquelles il était en proie, décida cependant qu'il fallait promptement rentrer dans le navire, ne fût-ce que pour aviser à ce qu'il restait à
faire en une aussi grave circonstance. Marcel et
Nicaise pénétrèrent d'abord dans la cabine ; Trinitus s'y glissa derrière eux, et tous trois se débarras-
sèrent du casque vitré de leurs appareils. Leur visage
morne portait l'empreinte de la fatigue et du désespoir, mais aucune larme ne brillait dans leurs
yeux. Ils avaient pris leur parti !...

Cependant, tandis que Nicaise et Marcel s'as-
seyaient sur la planche, la tête appuyée aux parois
de l'*Éclair*, Trinitus, resté toujours fidèle à la
science, s'arma de ses instruments pour calculer la
distance qui les séparait des îles du Cap-Vert.

— Vingt-troisième degré de latitude !... s'écria-
t-il.

— Je ne pensais pas mourir sous celui-là !... répondit froidement Nicaise, sur un ton de reproche.

Mais le savant avait pris une plume, et il écrivait sur un cahier de notes : « En cet endroit la mer des Sargasses est plus épaisse que partout ailleurs. Les algues y sont inextricables et des milliers d'animaux marins y fourmillent... »

Soudain un cri de stupéfaction et d'effroi poussé par Marcel faisait tressaillir le savant et arracha Ni- à ses tristes pensées...

— Ecoutez !... écoutez !... s'écria le jeune homme...

Un ronflement sourd et prolongé comme un tonnerre lointain se faisait entendre à une grande distance sous les flots...

Trinitus pâlit affreusement et l'œil de Nicaise s'alluma.

— Ce sont des baleines !... balbutia le savant.

Le grondement se reproduisit plus distinct et plus clair.

— Elles suivent le chemin que nous avons parcouru et viennent droit à nous ! ajouta-t-il.

Le mugissement se fit entendre de nouveau, formidable et profond, cette fois, comme le bruit de deux cents orgues qui résonneraient en même temps.

Nicaise et Marcel poussèrent un cri terrible.

— Nous sommes perdus !... et quoique appuyés l'un à l'autre, ils tombèrent à genoux.

Mais le visage de Trinitus rayonna tout à coup et le savant saisit à deux mains le levier du gouvernail.

— Sauvés !... nous sommes sauvés !... s'écria-t-il

Aussitôt au milieu d'un fracas et d'un boulever·
sement épouvantables, l'*Eclair*, comme s'il était
entraîné par quelque effroyable avalanche, fut brus·
quement arraché de sa prison, et pour ainsi dire
enlevé comme une plume par une force irrésistible.

Trois ou quatre effrayantes secousses firent rouler sur le plancher Nicaise et Marcel, à demi-morts
de frayeur ; mais Trinitus ayant tout prévu, s'était
cramponné d'une main aux parois du bateau, et de
l'autre serrait toujours le levier du gouvernail.

Les formidables animaux qui se ruaient ainsi sur
l'*Eclair* étaient d'énormes cachalots, qui traversaient en troupe serrée la mer des Sargasses. Le
hasard avait voulu que le bateau de Trinitus se
trouvât sur leur passage et ils l'avaient impétueuse-
ment chassé devant eux sans se douter du service
qu'ils rendaient au savant et à ses compagnons.

Trinitus avait compris que ces gigantesques animaux feraient sans peine une trouée au milieu des
algues et l'idée lui était tout à coup venue d'en profiter. Aussi lorsque l'irrésistible colonne, composée
d'au moins cinquante individus, fut passée, le savant lança-t-il bravement l'*Eclair* à leur poursuite
serrant d'aussi près qu'il le pouvait ces monstres
charmants qui lui ouvraient un chemin.

Trinitus, le visage animé, les yeux brillants, les
cheveux hérissés, ne se possédait pas de joie.

— Nicaise ! Marcel ! criait-il voyez donc !... Le-
vez-vous ! Nous filons comme le vent ! Nous sommes
aux trousses des cachalots !... En voilà des remor-
queurs ! Sapristi, comme ça marche !... Ils nous

mènent tout droit aux îles du cap Vert!... C'est
charmant!... Pas une entrave!... pas une algue!...
Ils écartent tout sur leur passage!... En avant! en
avant!...

· Et tandis que ses compagnons stupéfaits semblaient sortir d'un rêve, le savant, magnifique de
hardiesse, excitait et pressait son bateau, comme si
c'eût été je ne sais quel monstre marin soumis à sa
voix et courbé sous sa magique puissance.

A la lueur argentée de la lampe électrique, Trinitus, revêtu de son appareil tout ruisselant, et
surchargé de fucus, de polypes et d'anémones, res-
semblait au dieu des Océans. Il suivait comme un
triomphateur les gigantesques cétacés qui lui
frayaient une route. Des légions de dauphins, de
morses, de phoques, de marsouins s'élançaient sur
ses traces ; les mugissements des cachalots retentissaient et semaient l'épouvante au-devant de lui ;
des lambeaux de sargasses rompues et brisées flot-
taient de toutes parts. Jamais divinité marine n'eut
dans ses Etats un tel cortége ; jamais Amphitrite ou
Neptune, voguant sur une conque nacrée, ne furent
escortés comme l'était Trinitus.

· Les cachalots faisaient en moyenne seize kilomètres à l'heure, malgré les obstacles qu'ils rencon-
traient dans la mer herbeuse. Comme une troupe
de sangliers traquée par des chasseurs s'ouvre une
voie à travers les fourrés les plus impénétrables,
de même ces énormes cétacés, dont la plupart me-
suraient plus de 20 mètres de long, se faisaient jour
au milieu des sargasses qui les embarrassaient. L'un
d'eux avait heurté de la tête le bateau de Trinitus et

c'est à ce choc formidable que l'*Eclair* devait son salut.

Suivant une habitude particulière à ces animaux, et que plusieurs naturalistes ont constatée, un chef nageait en tête de la colonne et la dirigeait.

Il est probable qu'il conduisait ses compagnons vers les mers australes, peuplées à ce moment, sans doute, par des poissons émigrants auxquels les cachalots allaient donner la chasse.

Ce chef devait être en outre un excellent guide, car Trinitus reconnaissait, au moyen de la boussole, qu'il suivait la route la plus directe avec autant de précision qu'eût pu le faire le pilote le plus expérimenté.

Le savant n'ignorait pas d'ailleurs que ces capitaines de cachalots sont quelquefois tout à fait incapables de remplir ces hautes fonctions, aussi se tenait-il sur ses gardes. Il savait fort bien qu'un jour trente-deux cachalots, guidés par un chef inhabile, avaient échoué sur la plage de la baie d'Audierne dans le Finistère, et il connaissait beaucoup d'autres exemples du même genre.

Du reste, Nicaise revenu peu à peu complètement à lui commençait, après avoir félicité Trinitus de son sang-froid, à raconter une foule d'histoires sur les cétacés dont l'*Eclair* suivait la trace. Il donnait à Marcel encore tout tremblant une foule de détails sur leurs mœurs, et son cœur était plein de reconnaissance pour ces monstres qu'il allait combattre autrefois dans les mers du Nord, avec les pêcheurs de Calais et de Boulogne. Il disait comment on harponnait ces malheureux animaux et comment on leur ouvrait le crâne pour y recueillir la substance graisseuse blanche connue dans les arts sous le

nom de *blanc de baleine*. C'était toute une leçon
d'histoire naturelle que Trinitus et Marcel écoutaient
avec un vif intérêt; mais le vieux marin jura bien
en la terminant, qu'il ne reprendrait jamais plus
les armes contre les cachalots.

Cependant les sargasses s'éclaircissaient de plus
en plus et les cétacés nageaient avec une effrayante
vitesse.

Trinitus détermina de nouveau la latitude, et il
eut la joie d'annoncer à ses compagnons que six
lieues à peine les séparaient des îles du Cap-Vert!...

Vue de Saint-Jacques du Cap-Vert.

CHAPITRE VIII

DU CAP-VERT A BONNE-ESPÉRANCE

Ce fut seulement à la hauteur des premiers îlots de l'archipel que Trinitus résolut de quitter la piste des cachalots, auxquels il devait tant de reconnaissance. Les monstrueux cétacés, toujours guidés par leur capitaine, tournèrent brusquement vers l'ouest, au niveau de l'île *Saint-Antoine du Cap;* et le savant pilote de l'*Eclair*, après avoir souhaité un bon voyage à ses libérateurs, engagea son bateau dans le détroit qui sépare l'île *Do Sal de Saint-Nicolas*.

Il suivit d'abord une sorte de ruelle volcanique, crevasse sous-marine d'une profondeur extrême, et quelques moments après en être sorti, craignant de jeter l'*Eclair* contre les récifs, il le fit émerger vis-à-vis la vieille ville de Saint-Jacques, la plus importante de l'archipel du Cap-Vert.

Deux rochers, élevés de dix à douze mètres au-dessus des flots et presque contigus l'un à l'autre, formaient une sorte de petite baie très-abritée, dans laquelle Trinitus vint amarrer le bateau et débarquer avec ses deux compagnons.

A la base de ces rochers croissaient, par touffes serrées, des fucus vésiculeux et de véritables prairies de *zostères*, et sur l'étroite plate-forme qu'ils présentaient, quelques graminées, battues des vents, végétaient entre les fentes de la pierre.

A l'approche des voyageurs, les mouettes qui habitaient ces ilots stériles s'envolèrent épouvantées ; mais le rusé Nicaise profita de leur départ pour fouiller dans leurs nids, et il en retira une demi-douzaine d'œufs, qu'il se proposa de faire cuire pour le repas du soir.

Cependant Marcel avait gravi le rocher, et, debout sur la plate-forme, il contemplait avec ravissement le magnifique panorama qui se déroulait autour de lui. Trinitus et Nicaise, excités par ses cris d'admiration, grimpèrent à leur tour à la cime de l'écueil ; et tous trois, profondément émus par le spectacle sublime qu'ils avaient sous les yeux, remercièrent la Providence qui les avaient si miraculeusement conduits jusque-là.

L'Océan, calme et transparent, s'étendait devant

eux jusqu'à l'île Saint Jacques, dont ils voyaient à l'horizon la ville principale assise au bord des flots. Quelques barques de pêcheurs, dont la brise gonflait les voiles, sortaient du port, et vivement éclairées par un soleil ardent, se balançaient avec grâce sur les eaux bleues de l'Atlantique. Les goëlands, dans leur vol hardi, effleuraient la crête des vagues en poussant des cris joyeux, et de temps en temps un poisson, bondissant hors de l'eau, jetait au soleil des reflets argentés.

Au delà de la ville de *San Yago* se montraient les montagnes de l'île, dont les pitons volcaniques, comme ceux des Açores et des Canaries, se perdaient dans l'azur du ciel.

La douceur et la beauté de ce paysage faisaient soupirer Marcel et remplissaient de mélancolie l'âme de Trinitus. Ils songeaient tous deux aux personnes chéries pour lesquelles ils **avaient** entrepris ce périlleux voyage; Trinitus se demandait si Dieu lui permettrait de revoir jamais sa femme et sa fille bien-aimées; Marcel, s'il pourrait jamais presser la main d'Alice, sa douce fiancée.

A ces émouvantes questions que se posaient leurs cœurs, ils n'osaient faire une réponse. Ils voyaient dans leur imagination, d'un côté le malheur, la mort la plus horrible, la catastrophe la plus affreuse qu'il soit possible de rêver; de l'autre la joie, le bonheur, la félicité la plus parfaite que l'on puisse goûter ici-bas.

Quelle était la vérité?... Ils étaient à la fois impatients, et ils redoutaient de l'apprendre. Marcel, depuis surtout qu'il avait échappé à une mort qu'il

6

croyait inévitable au fond de la mer des Sargasses, avait bon espoir et croyait au bonheur. Trinitus, le front soucieux comme s'il voyait encore à ses pieds un gouffre béant et plein de ténèbres, ne faisait guère que de tristes suppositions.

Quant à Nicaise, insouciant, mais grognon comme le matelot qui a parcouru toutes les mers, il pensait, à travers la fumée de sa pipe, qu'avec tout le *blanc de baleine* qu'on aurait pu recueillir dans le crâne des cachalots, auxquels on devait la vie, on se serait fait au moins soixante mille francs de rentes. Il estimait que ces « *diables d'animaux* » emportaient dans leurs cerveaux réunis pour deux millions de marchandises. A présent que le vieux marin était hors de danger, telle était la forme que prenait sa reconnaissance.

Tout à coup, Trinitus interrompit le silence qui régnait depuis un moment.

— Mes chers amis, dit-il, après les terribles dangers que nous avons courus, qui sait ce que la Providence nous réserve encore? Nous n'avons pas fait, pour arriver au milieu des îles de l'Océanie, le quart du chemin qui nous reste à parcourir... Avant d'aller plus loin, réfléchissez. Si vous hésitez à me suivre, je vais vous laisser à *Saint-Jacques*... Vous prendrez pour retourner en France, un des paquebots qui, tous les huit jours, viennent du Cap ou de la Plata, et je partirai seul pour l'Australie...

A ces mots, Nicaise indigné, se leva si précipitamment qu'il écrasa trois des œufs qu'il avait recueillis... Cette omelette intempestive éleva sa fureur jusqu'au paroxysme.

— Sapristi ! fit-il, plutôt que de faire ça, j'aimerais mieux être mâchuré comme une carotte de tabac par les mille millions de requins du monde !

Quant à Marcel, il se contenta de presser doucement la main de Trinitus...

Et cinq minutes après, *l'Eclair* emportant les trois compagnons disparaissait de nouveau sous les vagues !...

En quittant le Cap-Vert, Trinitus dirigea son bateau vers l'île de l'*Ascension* qui n'est comme sa voisine, *Sainte-Hélène*, qu'un énorme rocher basaltique dressé au milieu de l'Océan.

Le savant se promit bien du reste de ne pas y relâcher, car il brûlait du désir d'atteindre le *cap de Bonne-Espérance ;* et, grâce à la vitesse de l'*Eclair*, il ne comptait pas mettre plus de deux jours pour y arriver.

Il lui semblait que ses peines seraient terminées lorsqu'il sortirait de l'Atlantique pour entrer dans le Grand-Océan austral. Ce nom seul, *cap de Bonne-Espérance*, le faisait tressaillir ; malgré les tristes pensées qui l'assaillaient par moments, il ne pouvait s'imaginer que ce nom plein de douces promesses pût devenir une cruelle ironie. Quand il y songeait, les idées noires qui se pressaient dans son cerveau disparaissaient promptement, et une émotion violente faisait battre son cœur.

Le regard cloué sur la carte, il traçait avec une fiévreuse impatience l'itinéraire de l'*Eclair*, et soumettait ses plans à Nicaise et à Marcel.

Rien ne lui paraissait plus simple que d'aller du Cap à la mer de Corail. C'était pour lui l'affaire

d'une huitaine de jours. Il ne voulait pas s'y rendre
par la mer des Indes. Le trajet pour arriver d'a-
bord à Botany-Bay, où il comptait prendre des in-
formations, lui paraissait plus direct en traversant
l'Océan austral. De Bonne-Espérance, il gagnerait
le 40e degré de latitude et le suivrait jusqu'au détroit de Bass, situé entre la Nouvelle-Hollande et la
grande île de Diémen. Il passerait au-dessus des
îles du Prince-Edouard, de Marion, de Kerguelen,
et au-dessous des îles d'Amsterdam et de Saint-Paul.
— Le chemin était tout tracé, pour ainsi dire, pas
moyen de se tromper !

Nicaise et Marcel étaient parfaitement de son avis,
et ne pouvaient qu'applaudir à la sagesse de leur
capitaine. Mais le vieux marin se disait en lui-même
que sur la carte : « ça marchait tout seul ; et que
ce n'était plus ça, quand on s'empêtrait dans les
Sargasses !., »

Cependant l'*Eclair* filait avec une vitesse inouïe ;
et volait, pour ainsi dire, au-dessus des montagnes
et des vallées océaniques.

Malgré la profondeur extrême de la mer sous l'E-
quateur, les trois voyageurs, naviguant à plus de
trois mille mètres au-dessous de la surface des flots,
pouvaient, jusqu'à un certain point, se rendre
compte de la configuration des campagnes sous-
marines.

La lumière solaire ne pénétrait pas à plus de cinq
cents mètres ; mais le vif éclat de la lampe électrique du bateau leur permettait de distinguer avec
assez de netteté les pays environnants.

Tantôt ils effleuraient dans leur course les som-

mets aigus d'une chaîne de montagnes, tantôt ils
glissaient, pour ainsi dire, à la surface d'un immense plateau. Quelquefois, ils suivaient de larges
vallées d'une profondeur inouïe, et dont les versants
étaient tapissés de zostères et de fucus. Dans ces immenses pâturages sous-marins paissaient des troupeaux innombrables de mollusques et de zoophytes.
De temps en temps les voyageurs descendaient sur
les escarpolettes pour mieux voir; et le spectacle
qu'ils contemplaient les absorbait tellement qu'ils
restaient des heures entières sans se parler.

Souvent ils passaient avec la rapidité d'un train
lancé à toute vitesse au milieu d'un banc de poissons,
dans lequel ils faisaient une trouée comme un bou-
let de canon dans les rangs d'une armée ennemie.
Plusieurs fois encore ils eurent à lutter contre les
roussettes affamées qui se jetaient sur eux; mais ces
combats étaient de simples récréations, à côté de ceux
qu'ils avaient dû livrer dans la mer des Sargasses.

Trinitus faisait remarquer à ses compagnons combien la pose d'un câble transatlantique serait difficile dans les régions qu'ils traversaient.

Entre Terre-Neuve et l'Irlande on avait pu, après
bien des efforts, couler deux câbles qui fonction-
naient à merveille, parce qu'en cet endroit la mer
recouvrait un immense plateau sur lequel traînaient
et s'appuyaient les câbles; mais, sous les tropiques,
le fond de la mer est loin d'être favorable à de semblables travaux.

Marcel, de son côté, constatait que les campagnes
sous-marines étaient presque partout recouvertes
d'une couche de poussière blanche, comme s'il avait

neigé sur elles. Trinitus, après avoir recueilli une
certaine quantité de cette poussière, la plaça sous
le microscope et fit voir à ses amis qu'elle était composée d'une multitude de coquillages impercepti-
bles, dans un état de conservation parfaite.

— Ces coquilles, leur dit-il, sont les débris des
animalcules qui vivent dans les eaux des océans.
A mesure qu'ils meurent, leurs coquillages tombent
au fond de la mer, et c'est leur accumulation depuis l'origine du monde, qui forme cette couche de
poudre blanche que Marcel vient de comparer à de
la neige.

Au moyen d'une sonde particulière, imaginée par
l'Américain Brooke, on a pu retirer du fond des
divers océans des échantillons nombreux des infusoires qui les recouvrent.

Dans l'Atlantique, vous voyez que ces animalcules ont la blancheur de la neige. C'est parce que
les eaux de cet océan contiennent beaucoup de sels
calcaires, et que c'est aux dépens de ces sels que les
infusoires bâtissent leurs coquilles. Il n'en est pas
de même dans l'océan Pacifique. La poussière qui
en recouvre le fond est grise au lieu d'être blanche, parce que la silice étant plus abondante dans
ses eaux que le calcaire, les coquilles de ses infusoires sont siliceuses.

Quand on connaîtra bien la nature des animalcules déposés au fond de toutes les mers, on trou-
vera la solution d'un grand nombre de problèmes
encore insolubles. Les océans n'auront plus de mys-
tères pour nous ; l'infiniment petit expliquera l'infiniment grand !

Visite au Gouverneur du Cap.

CHAPITRE IX

LE GOUVERNEUR DU CAP

Dans ce rapide voyage à travers l'Atlantique, aucun nouvel obstacle ne vint entraver la marche du bateau sous-marin, et l'intelligent pilote de l'*Eclair* eut la joie de voir se réaliser le plus ardent de ses vœux. En trois nuits et deux jours, l'*Eclair* admirablement dirigé, atteignit le 30ᵉ degré de latitude. Il avait suivi dans sa course une large vallée sous-océanique, située entre Sainte-Hélène et la côte de Guinée, et parcourue dans toute sa longueur par une branche du grand courant équatorial.

L'impétuosité de ce courant, aussi volumineux que le Gulf-Stream, n'avait pas peu contribué à accélérer la vitesse de l'*Eclair* ; Trinitus, en navigateur habile, s'était maintenu dans ses eaux ; et après une traversée des plus heureuses, il débarquait enfin au cap de Bonne-Espérance.

C'est une étrange ville, que celle du Cap. Ses habitants, au nombre de 19,000 environ, sont la plupart originaires des diverses contrées de l'Europe. On y trouve des Portugais, des Hollandais, des Anglais et des Français, mêlés à une population de nègres venus de tous les points de l'Afrique.

Assise au pied des hautes montagnes de la *Table*, composées de granit et de grès siliceux, la ville est des mieux situées au point de vue commercial; mais la nouvelle route ouverte aux vaisseaux de l'Europe par l'isthme de Suez amènera probablement sa ruine.

Quoi qu'il en soit, Trinitus et ses camarades amarrèrent l'*Eclair* sous une touffe de palmiers, à deux kilomètres environ de la ville, et comme aux Açores, ils firent sur le gazon un déjeuner exquis.

Le savant, croyant avoir atteint le terme de ses souffrances, fut d'une incomparable gaîté. Nicaise et Marcel chantèrent plusieurs chansons patriotiques, et Trinitus, enthousiasmé, en répétait les refrains. Les voyageurs portèrent plusieurs toasts à la France et à l'heureux dénouement de leur voyage, qu'ils espéraient terminer en une huitaine de jours.

Cependant, Trinitus ne voulut pas quitter le Cap sans aller demander au gouverneur de la ville s'il

avait par hasard des nouvelles récentes du naufrage
du *Richmond*. Il laissa Nicaise et Marcel à l'ombre
des palmiers, prit dans la cabine de l'*Eclair* un vêtement convenable, et se dirigea vers la ville, dont
il entrevoyait à travers les figuiers et les vignes les
premières maisons.

Il traversa plusieurs rues très-régulièrement bâ-
ties, franchit sur un pont de bois une petite rivière
qui descend des montagnes voisines, et arriva définitivement devant un grand bâtiment qu'on lui dit
être l'hôtel du gouverneur.

Le savant y pénétra, et un domestique nègre lui
demanda en anglais s'il désirait parler au gouverneur lui-même.

Sur sa réponse affirmative, Trinitus fut conduit
à travers une grande cour pavée de larges dalles de
granit, jusqu'à l'entrée d'un jardin intérieur, au
fond duquel se dressait un pavillon isolé, tapissé de
glycines et d'aristoloches.

Un homme d'une cinquantaine d'années, dont le
visage exprimait la douceur et la bonté, était occupé
à écrire dans une petite salle située au rez-de-
chaussée de ce pavillon.

Il se leva pour recevoir Trinitus, lui offrit un
siége et s'assit auprès de lui.

— Monsieur, dit le savant, pourriez-vous me
donner quelques renseignements sur le naufrage du
paquebot anglais le *Richmond*, dont on a retrouvé
des débris, il y a quelques mois, sur les côtes de la
Louisiade?

— Parfaitement, monsieur ; un navire parti de
Botany-Bay pour Londres, m'a porté tout récem-

ment des détails sur cet épouvantable sinistre...

— Oh! parlez! parlez!... s'écria Trinitus en proie à une vive émotion.

— Vous aviez des parents sur le *Richmond?*

— Ma femme et ma fille...

Le front du gouverneur se rembrunit.

— Sept hommes seulement ont été retrouvés jusqu'à présent, répondit-il. Ils avaient pu échapper au naufrage en se jetant dans une chaloupe, et la tempête les a poussés jusque dans la baie de Glass-House, d'où ils ont gagné Clarence, puis Newcastle, et enfin Botany-Bay.

Trinitus, le visage caché dans ses deux mains, ne répondit que par un sanglot aux paroles du gouverneur.

— Cependant, continua celui-ci, d'autres passagers se sont embarqués dans une deuxième chaloupe, et il est certain qu'ils n'ont pas péri avec le *Richmond*. Mais on ignore ce qu'ils sont devenus... Peut-être ont-ils été jetés vers les îles Salomon ou les Nouvelles-Hébrides...

A ces mots le savant sentit renaître en lui une lueur d'espérance.

— Sait-on le point précis où le naufrage a eu lieu? demanda-t-il.

— C'est vers le milieu de la mer de Corail, répondit le gouverneur; à peu près par 15 degrés de latitude et 155 degrés de longitude...

Trinitus à ces mots se leva brusquement comme poussé par une détermination puissante. Il remercia le gouverneur des précieuses indications qu'il venait

de lui fournir et courut comme un fou rejoindre
Marcel et Nicaise.

—Bonne-Espérance!... leur cria-t-il, et, après
leur avoir raconté le résultat de son entrevue avec
le gouverneur, il s'élança le premier dans l'*Eclair*.

Cinq minutes après, le bateau sous-marin fendait les flots limpides de l'Océan-Autral, et Trinitus,
les yeux cloués sur la carte de la mer de Corail, interrogeait une à une les îles de ses nombreux archipels, comme s'il allait tout à coup découvrir celle
où devaient vivre encore sa femme et son enfant!...

Chute de la trombe sur l'Eclair.

CHAPITRE X

LA TEMPÊTE

Deux jours environ après avoir quitté le Cap, l'*Eclair* naviguait sans encombre dans les parages de l'île Saint-Paul, quand un bruit sonore et continu vint tout à coup frapper les oreilles des voyageurs. C'était une sorte de grondement sourd et monotone comme celui d'une vaste chute d'eau entendue à distance; et ce bruit devenait de plus en plus distinct à mesure que le bateau sous-marin avançait vers l'orient.

Trinitus, d'abord indifférent à ce murmure confus, l'attribuait à la violence du vent qui devait souffler, disait-il, à la surface de la mer; mais quand ce murmure fut devenu vacarme, le savant ne put se défendre d'une certaine inquiétude, et il prêta l'oreille à ce sauvage mugissement qu'il n'avait jamais entendu de sa vie.

Le front joyeux de Nicaise se rembrunit, et Marcel sentit battre son cœur.

—Qu'est cela? demanda-t-il.

—Un orage, répondit Trinitus.

—Hum! fit Nicaise, une belle et bonne tempête probablement.

— Après tout, que nous importe, reprit Trinitus; pourvu que nous puissions nous maintenir à cette profondeur, nous n'avons pas à craindre l'ouragan, même le plus terrible.

— Il est vrai, ajouta Marcel, que l'*Eclair* file comme une flèche dans des couches d'eau très calmes, et que nous ne sentons pas la moindre secousse.

—Dieu sait pourtant s'il y a de l'agitation sur nos têtes!... Mâtin, comme ça doit chauffer là-haut!.. répondit Nicaise.

— Il ne faut pas oublier, continua Trinitus, que le cap de Bonne-Espérance s'appelait autrefois le cap des Tourmentes. Les tempêtes les plus effroyables qui puissent avoir lieu se produisent dans l'Océan Austral.

— Oui, oui, reprit le vieux marin en hochant la tête, ça se trémousse joliment... Eh! mais il faut que tous les vents du diable se soient donné rendez-vous à l'étage au-dessus!... Quel charivari!... Nous sommes heureux d'habiter le sous-sol!...

Et des fracas épouvantables, des éclats de foudre terribles entrecoupaient les paroles du vieux marin.

— Ce n'est guère rassurant, disait Marcel effrayé.

— C'est un trois-mâts qui ne serait pas à son aise dans ce tintamarre !... reprenait Nicaise toujours insouciant.

— Au lieu de cesser, le bruit augmente de plus en plus, faisait Trinitus, dont l'inquiétude allait aussi toujours croissant.

— Pourquoi donc, demanda Marcel, les tempêtes sont-elles si violentes dans l'océan Austral?

— Cela vient répondit le savant, des luttes fréquentes que se livrent dans cette région les courants atmosphériques.

L'atmosphère comme la mer, est en effet sillonnée en tous sens par des courants à divers degrés de température, et c'est ce déplacement des fluides aériens que l'on appelle le *vent*. Celui-ci est d'autant plus fort que la différence entre la température des deux courants opposés est plus grande; et dans l'Océan Austral, c'est l'air brûlant de l'Afrique et des contrées équatoriales qui lutte contre les bises glacées du pôle sud...

. Le savant achevait à peine ces paroles que tout à coup l'*Eclair*, brusquement détourné de sa course rectiligne, s'inclina rapidement et fut entraîné dans un mouvement de rotation d'une vitesse vertigineuse.

Les trois hommes surpris tombèrent à la renverse, et Trinitus poussa un cri de détresse qui glaça d'effroi ses deux amis.

— Un tourbillon ! s'écria-t-il, et il s'accrocha comme il le put aux parois du bateau.

Un bruit infernal, une sorte de reniflement formidable retentissait au fond de cet immense entonnoir liquide creusé dans les flots par la tempête, et dont les parois fuyantes s'élargissaient en tournoyant.

Le hasard avait voulu que l'*Eclair* se dirigeât vers ce gouffre épouvantable, et il avait été saisi par cette spirale tournante qui l'engloutissait.

En un instant, les plus affreuses pensées mirent à la torture l'esprit des trois compagnons.

Emportés par une force inouïe, assourdis par le mugissement de l'ouragan qui s'engouffrait dans le tourbillon comme s'il eût voulu soulever l'océan tout entier et l'arracher de son lit, ils tournaient, tournaient sans cesse comme un caillou dans une fronde, et s'attendaient à voir l'*Eclair* se rompre et voler en mille éclats. Par moments, le bateau, dans cette rotation furieuse s'entrechoquait avec des troncs d'arbres déracinés par la tempête, et Trinitus, les yeux éblouis et les oreilles pleines de retentissements effroyables, entendait craquer l'hélice et le gouvernail du navire, comme le criminel entend, à travers les huées et les clameurs de la foule, le bruit de la charrette qui le porte à l'échafaud.

Mais soudain, après un violent coup de tonnerre qui retentit entre le ciel et l'océan, le tourbillon s'arrêta brusquement et s'évanouit. Tout ce qui tournoyait avec lui s'échappa de ses flancs, et l'*Eclair*, à moitié disloqué, disparut un moment sous une montagne de vagues.

Trinitus, éperdu, saisit dans un bond désespéré le levier de la machine, mais le bateau n'obéit plus à sa main!... Le savant poussa un cri de rage et de désespoir. L'appareil électro-moteur était gravement endommagé, et l'*Eclair*, incapable de continuer son voyage sous-marin, se trouvait exposé à toutes les fureurs de la tempête !

Rebelle à la manœuvre et complètement livré à la merci de l'Océan, il remonta rapidement à la surface des flots, et fut emporté comme un cadavre par les vagues exaspérées.

L'épouvantable ouragan dont il allait devenir le jouet, mugissait avec un fracas épouvantable.

Trinitus et ses deux compagnons, pâles, effarés, attendant la mort, ne prononçaient pas une seule parole, et faisaient des efforts inouïs pour se tenir cramponnés aux parois de la cabine d'où les arrachaient à tout moment d'effroyables secousses.

A l'intérieur du bateau tout était brisé : appareils pour la fabrication de l'air artificiel, piles, instruments, rouages des rames et du gouvernail, tout était rompu, disloqué, fracassé... La carcasse seule du navire n'était point endommagée; mais le moment allait venir où, pour respirer dans cet espace clos et désormais privé d'air, il faudrait briser nécessairement une des portes-fenêtres.

Trinitus pensait vaguement à cette résolution suprême; mais, dans son inquiétude, il n'espérait même pas avoir à faire usage de ce moyen désespéré. A chaque instant il s'attendait à être lancé par les flots contre quelque rocher qui ferait voler l'*Eclair* en mille éclats,

7

Le bateau, comme une masse inerte, allait à la
dérive, poussé par les vents déchaînés vers des régions inconnues.

Rien au monde n'est plus formidable qu'une tempête dans l'océan Austral. Le ciel et la mer sont en
lutte et cherchent à s'envelopper, à se dissoudre, à
se noyer l'un dans l'autre. Les nuages amoncelés
se déchirent, s'entr'ouvrent, s'écroulent dans un
déluge d'éclairs et de tonnerres, et se succèdent sans
relâche au milieu de la tourmente atmosphérique
qui cherche à les disséminer de toutes parts.

L'Océan répond par de profonds mugissements
aux éclats de la foudre et aux sifflements des rafales
de l'ouragan. Il tressaute d'indignation, bouillonne,
se soulève, s'arrache de son lit et pousse vers le
ciel ses vagues irritées et ses lames invincibles.

Les vents acharnés contre lui le percent et rédui-
sent ses flots en écume ; ils le perforent de leur spirale aiguë comme une vrille, creusent dans ses flancs
d'énormes tourbillons et s'enfoncent avec fureur dans
ces horribles plaies tournantes. Dans leur aveugle
colère ils arrachent aux îles et aux côtes des continents leurs arbres et leurs maisons pour en écraser
les vagues ; et ces voleurs impalpables dévastent la
terre avec la férocité de l'épervier qui dépouille
de ses plumes la fauvette dont il a fait sa proie.

C'était au mileu d'un semblable cataclysme qu'é-
tait plongé l'*Eclair*, emportant dans ses flancs le
malheureux Trinitus et ses amis.

Le bateau ne voguait plus, il sautait et dansait
sur les flots qui l'enlevaient et l'entraînaient comme
un morceau de liége. Il ne faisait que monter à la

cime des vagues pour retomber dans des abîmes sans
fond, d'où il rebondissait instantanément comme
une balle de caoutchouc qui heurte le sol. L'Océan
s'en faisait un jouet, et les lames se le jetaient
l'une à l'autre. Il se heurtait contre elles comme
un volant contre une raquette; et, après avoir disparu durant quelques secondes sous une avalanche
de flots et d'écume, il reparaissait, ruisselant et
fouetté par les eaux, à la crête d'une vague.

Des éclairs continus embrasaient l'atmosphère,
et la foudre ne cessait de gronder et d'éclater entre
la mer et les nuées!...

Les trois hommes, couchés à plat ventre sur le
plancher de la cabine, se tenaient toujours accro-
chés aux saillies des parois pour ne pas être précipités les uns sur les autres par l'affreux ballotte-
ment du navire.

Marcel, blotti sous la table scellée au plancher,
s'était fait un coussin de son bras pour garantir sa
tête des chocs qui la menaçaient; Trinitus et Nicaise, parallèlement placés chacun en travers d'une
porte-fenêtre, se raidissaient de toutes leurs forces
pour éviter les secousses qui les jetaient à tous moments contre la paroi du bateau.

De temps en temps Marcel poussait un soupir, et
Nicaise grinçait des dents avec rage. Trinitus écou-
tait la formidable voix de la tempête, et au risque
d'être aveuglé par les éclairs incessants, il regardait parfois à travers les épaisses vitres du navire
l'épouvantable lutte du ciel et de l'Océan.

Tous les phénomènes électriques et météorologi-
ques, auxquels donnent lieu ces terribles *cyclones*

dans leur course furibonde à travers les mers ; toutes les formes étranges que peut revêtir la foudre
quand elle sillonne le nuage ou déchire l'atmosphère ; toutes les variétés de flammes et de lueurs
qu'engendrent les orages, depuis le *feu Saint-Elme*
qui rend la pluie lumineuse, jusqu'aux éclairs ar-
borescents dont les vingt bras rayonnent dans les
airs comme les tentacules d'un immense polype de
feu ; tout ce que la nature enfin peut enfanter de
grandiose et d'horrible durant les convulsions qui
l'agitent, passa devant les yeux de Trinitus.

Mais soudain un nouveau fracas bien plus reten-
tissant et plus distinct que celui de la tempête se fit
entendre dans les cieux. Le sifflement des rafales
parut s'apaiser, et des craquements analogues à
ceux que produit une voiture pesante en roulant
sur le pavé lui succédèrent brusquement.

Nicaise, épouvanté, enfonça sa tête entre ses
épaules, à la façon d'une tortue qui rentre dans sa
carapace, et recommanda son âme à Dieu.

Le savant leva les yeux, et le cri d'effroi qu'il es-
saya de pousser s'arrêta dans sa poitrine !...

Un immense nuage noir planait comme un vau-
tour au-dessus du bateau...; il avait la forme d'un
énorme cône dont la base se perdait au milieu des
autres nuées, et dont la pointe s'abaissait et descendait lentement sur le navire en détresse !

Cet épouvantable nuage, prêt à crever sur l'*E-
clair*, faisait dans le ciel gris et brumeux une immense tache noire. Il s'épaississait et se peloton-
nait sous les efforts de la tempête ; on eût dit qu'il
se gonflait d'orages, et qu'il se chargeait de tous les

éclairs et de toutes les foudres renfermés dans les nuages voisins.

Toute l'électricité répandue dans l'atmosphère se condensait dans ce récipient ténébreux pour écla-ter en une seule fois. La monstrueuse nuée gron-dait de plus en plus horriblement, à mesure que les tonnerres s'accumulaient dans ses vastes flancs.

On entendait retentir dans leur profondeur in-sondable un fracas pareil à celui que fait une bat-terie de canons, traînée par trente chevaux dans un chemin rocailleux. De tous les points de l'horizon, de sombres *cumulus* accouraient se souder à l'é-norme nuage et lui prêter main-forte. C'était une coalition, une levée en masse de tous les orages disséminés au-dessus de l'océan Austral.

Trinitus était le seul dans le bateau qui s'aperçut de la formation de cette trombe formidable, Nicaise et Marçel se tenant toujours blottis contre les parois de la cabine. Le savant, l'âme déchirée par les plus vives angoisses, regardait les horribles nuées s'en-tasser les unes sur les autres, et se demandait avec anxiété contre quel géant révolté le ciel faisait un armement semblable.

Tout-à-coup, l'immense cône que formait le nuage au-dessus de l'*Eclair*, se tordit au milieu d'une bour-rasque, et s'allongea brusquement sous la violente impulsion de la tempête. De son côté, la mer se souleva comme une montagne, justement au-dessous de l'extrémité du typhon, et s'élança vers la nuée qui descendait sur elle.

La trombe aspirait l'Océan !...

Le nuage, fatigué de gronder et de souffler l'ou-

ragan, s'allongeait en un suçoir gigantesque qui
faisait sur les vagues l'effet d'une énorme ventouse.
La mer, irritée et furieuse, se sentait arrachée de
son lit. L'horrible typhon s'abaissait de plus en
plus, et se relevait par intervalles, pour redescendre plus large et plus long quelques instants après;
on eût dit un bras d'une grandeur démesurée sor-
tant de la nue pour fouiller les entrailles de l'Océan.

Celui-ci, de plus en plus tourmenté, frissonnait
sous l'épouvantable météore, et suivait ses mons-
trueuses oscillations. Quand la trombe se relevait,
les flots livides rentraient dans leur lit; quand elle
s'abaissait de nouveau, ils se redressaient de re-
chef sous la succion qui les attirait.

Cependant le contact des deux cônes liquides n'a-
vait pas encore lieu. Une distance d'au moins trente
mètres séparait le sommet de la montagne formée
par les vagues de la monstrueuse gueule du typhon;
car celui-ci, malgré ses dimensions colossales, ne
pouvait tomber d'aplomb sur les flots. Le vent le
tordait et le faisait onduler sans le rompre ; il
s'agitait, se secouait, luttait avec opiniâtreté contre les rafales qui le faisaient plier sans cesse, et
cherchaient à le briser. On eût dit un serpent
extraordinaire sifflant de rage, et se balançant
affreusement entre le ciel et la mer. Il fascinait l'O-
céan de son regard terrible, et l'appelait malgré lui
dans sa puissante ventouse comme une couleuvre
attire un oiseau.

A chaque instant, la formidable colonne d'eau
suspendue au nuage frémissait et laissait échapper
de ses flancs des torrents de vapeur. Les éclairs et

les foudres qui brillaient par intervalles dans son
intérieur la rendaient lumineuse et la faisaient ressembler à un fleuve de lave ardente qui se préci-
piterait d'un nuage dans la mer.

Ce spectacle, aussi grandiose qu'effrayant, remplissait de terreur et d'admiration à la fois l'âme de
Trinitus. Toujours couché sur le plancher de la cabine, le cou tendu, les cheveux hérissés, l'œil étincelant, il contemplait toutes les transformations,
toutes les phases du phénomène, et il attendait,
dans une anxiété impossible à décrire, que la trombe
et la vague se donnassent un effroyable baiser.

Le bateau, paralysé comme les flots par la succion du typhon, ne pouvait plus avancer, et la
montagne d'eau formée sur la mer le tenait enchaîné sur ses crêtes mobiles et croulantes.

Cependant la pointe de la trombe s'allongeait
de plus en plus, et le nuage tout entier allait se
décharger d'un seul coup sur l'Océan et sur le
malheureux navire. Il est vrai que l'*Eclair*, construit tout exprès pour naviguer sous les flots, ne
craignait pas d'être submergé par l'avalanche liquide; mais à ce moment suprême, Trinitus sentit
sur sa poitrine une pesanteur étrange. La respiration lui manqua tout-à-coup; saisi presque aussitôt
par un bizarre vertige, il entendit les plaintes et
les soupirs de Nicaise et de Marcel. Les trois malheureux voyageurs, manquant d'air dans la cabine,
allaient périr asphyxiés, s'ils ne pratiquaient à
la hâte une ouverture dans les parois du bateau!...

A cette affreuse pensée, Trinitus, ne songeant

plus à la trombe imminente, saisit une hache pour faire voler en éclats une des portes-fenêtres...

Mais au moment où il levait la main, une horrible secousse le fit tomber à la renverse. L'Océan, dans un bond formidable, s'était jeté dans la gueule du typhon; le nuage, au milieu d'un écroulement de tonnerres et d'un déluge d'ouragans, se mariait à la mer écumeuse; une colonne liquide de soixante mètres de largeur unissait les vagues aux nuées!...

L'*Eclair* aborde à la Terre Victoria.

CHAPITRE XI

DANS LES GLACES

Le bateau, refoulé à une très-grande profondeur sous les flots par la chute de la trombe, remonta rapidement à travers les couches liquides de l'Océan, lorsque l'effroyable typhon qui s'était précipité sur lui se fut noyé dans les vagues.

Mais, pendant les quelques secondes que dura cette brusque submersion de l'*Eclair*, les malheureux voyageurs faillirent être asphyxiés par l'atmosphère irrespirable de la cabine, qui ne contenait plus que de l'acide carbonique et de l'azote,

gaz complétement impropres, comme on sait, à en-
tretenir les fonctions pulmonaires.

Trinitus, pour échapper à l'asphyxie, n'avait
trouvé qu'un moyen ; il avait résolu de briser une
des vitres de la porte-fenêtre, afin de donner accès
à l'air pur et vivifiant du dehors. Aussi, dès que le
bateau reparut à la surface des flots, le savant, d'un
coup de la hache qu'il avait saisie au moment où
la trombe crevait sur l'*Eclair*, fit-il voler en éclats
une des épaisses lames de verre enchâssées dans les
parois du navire.

Aussitôt l'air vif de la mer, tout imprégné de
vapeurs et de brumes salées, entra par bouffées
dans le bateau, et ranima la vie dans la poitrine
oppressée des malheureux voyageurs.

Cependant la tempête, considérablement apaisée
par la rupture du typhon, diminuait de plus en
plus d'intensité. Le ciel se découvrait par places ;
et à travers les déchirures des nuages, dont les derniers lambeaux fuyaient rapidement sous une forte
brise de nord-ouest, Trinitus voyait l'azur profond
et serein des mystérieuses contrées vers lesquelles
l'ouragan avait jeté son pauvre bateau.

Mais les vagues se calmaient moins promptement
que la foudre et les rafales. L'Océan, quoiqu'il eut
épuisé la rage et les efforts du cyclone, était encore très-agité. Il avait peine à se remettre et se
démenait comme un homme qui vient de soutenir
une lutte acharnée et redoutable. Il secouait encore l'*Eclair* avec une extrême violence, le faisait
bondir sur la crête de ses flots, et le poussait vers
l'inconnu.

Marcel et Nicaise, brisés de fatigue, avaient fini
par s'endormir, et Trinitus lui-même, malgré les
brusques oscillations du bateau qui l'empêchaient
de se livrer au sommeil, sentait se fermer ses paupières appesanties.

Le savant n'avait pas perdu, d'ailleurs, toute espérance. Les avaries considérables qu'avait éprou-
vées l'*Eclair* ne l'effrayaient pas beaucoup. Il savait
que la coque du navire résisterait à toutes les co-
lères de l'Océan; et il se sentait assez de courage
pour réparer les dégâts occasionnés par la tempête,
s'il avait le bonheur d'être jeté sur une terre qui
ne fût pas tout à fait inhabitable. La science était
sa bonne fée, et Trinitus avait en elle une extrême
confiance. Il se croyait, avec son aide, plus fort que
tous les éléments conjurés.

Au moyen de son bateau sous-marin, il avait
une première fois vaincu l'Océan. Celui-ci venait
de le battre à son tour, en brisant le puissant appareil électrique de l'*Eclair*; mais le savant comptait bien prendre un jour sa revanche. Il contemplait d'un œil calme cette mer furieuse qui l'em-
portait après l'avoir désarmé, et qui cherchait à le
perdre dans les contrées les plus désolées du monde,
après avoir vainement essayé de le noyer dans ses
profondeurs. Trinitus, impassible, la laissait assou-
vir sa rage; mais il devinait, avec la carte et la
boussole, tous ses perfides projets.

Les vagues traîtresses avaient beau retourner et
faire pirouetter l'*Eclair* en tous sens; elles ne par-
venaient pas à désorienter son habile pilote. Le
doigt placé sur la carte de l'océan Austral, il suivait

pas à pas la marche de son bateau ; et c'était lui qui
semblait commander à l'Océan de le pousser dans
tel sens ou dans tel autre.

Cependant il ne pouvait s'empêcher de reconnaître que son formidable ennemi le traitait avec la
plus excessive rigueur. L'*Eclair* était emporté vers
le pôle sud, et c'était vers l'Australie que Trinitus
eût voulu être jeté. C'était à Botany-Bay qu'il brûlait de se rendre. Il avait la certitude qu'il y trouverait des renseignements sur le naufrage du *Richmond*, et des nouvelles de sa femme et de sa fille,
que, malgré toutes ces vicissitudes, il espérait bien
revoir un jour.

En présence de cette pensée qui n'abandonnait
jamais son esprit, le savant considérait avec une
douleur secrète l'immense déviation que faisait son
bateau constamment ballotté par la mer victorieuse.
Son cœur se serrait à chaque secousse qui l'entraî-
nait, loin des parages de la Nouvelle-Hollande, vers
les régions du pôle antarctique. Heureusement la
confiance et le courage lui restaient quand même,
et ce fut en songeant aux moyens de réparer
l'*Éclair* sur le continent austral, que Trinitus,
vaincu lui-même par une grande lassitude, s'en-
dormit enfin auprès de Nicaise, sur le plancher du
bateau.

Les trois compagnons passèrent dans le sommeil
la nuit entière qui suivit ce jour de tempête et de
cruelles angoisses. Ce ne fut que le lendemain, à
une heure très-avancée de la journée, que Nicaise,
éveillé par un froid des plus intenses, ouvrit le premier les yeux.

A l'exclamation qu'il poussa, Trinitus et Marcel s'éveillèrent en sursaut et ne purent retenir un cri de surprise et d'admiration.

Le bateau flottait sur une mer calme et transparente comme du cristal, au fond d'une immense crevasse dont les parois formées de glaciers gigantesques dressaient dans les airs des milliers de flèches, d'aiguilles et d'arcades, découpés et ciselés de la plus étrange façon.

— Dans quel singulier pays venons-nous débarquer?... s'écria Marcel à la vue des énormes blocs de glace entre lesquels l'*Éclair* était emprisonné.

— Sommes-nous au bout du monde? demandait Nicaise en grelottant.

Trinitus qui n'avait pas attendu ces questions pour chercher à savoir sur quel point du continent glacial antarctique la tempête l'avait jeté, termina rapidement le calcul qu'il faisait depuis un moment et répondit :

Nous nous trouvons dans les parages de la *Terre Victoria*, découverte par James Ross en 1841, sous 75°45' environ de latitude. Le continent ne doit pas être très-éloigné de l'endroit où nous sommes. En naviguant un peu vers notre droite, nous le découvrirons...

— C'est impossible, fit Nicaise, nous sommes pris entre les glaces comme dans un étau.

— Alors, reprit le savant, nous allons débarquer à la hâte sur l'énorme glaçon qui nous barre le détroit dans lequel nous sommes engagés.

— Et l'*Éclair*.... s'écria Marcel, allons-nous l'abandonner?...

— Par exemple ! fit Trinitus, nous allons le
hisser sur la glace et nous atteler à lui pour le mener jusqu'au continent...

— Pourquoi ne pas attendre ici tout simplement que nous puissions nous en aller, demanda
Nicaise.

— Parce que nous courons entre ces blocs de
glace les plus grands dangers, répondit Trinitus. Ces
colossales banquises au milieu desquelles nous
sommes enclavés peuvent tout à coup se pencher et
culbuter sur notre tête. Le vent peut aussi les
pousser l'une contre l'autre, et notre pauvre bateau, se trouvant pris entre ces gigantesques masses, serait écrasé comme une noisette entre l'enclume et le marteau.

Nicaise et Marcel n'en demandèrent pas davantage, et forcés de faire contre mauvaise fortune
bon cœur, les trois compagnons pensèrent d'abord
à se revêtir de leurs vêtements les plus épais, pour
résister à une température moyenne de 40 degrés
au-dessous de zéro. Les couvertures de laine furent
promptement transformées en burnous des plus
confortables; Trinitus se fit d'une vieille peau de
renard une sorte de pèlerine dont il couvrit ses épaules; Nicaise attacha solidement sur son dos et sa
poitrine un tapis à grosses fleurs roses et blanches;
et Marcel s'enveloppa dans un édredon qui servait
à garnir le hamac de Trinitus.

Ces précautions prises, les voyageurs heureux,
malgré tant d'épreuves, d'avoir conservé la vie au
milieu des dangers qu'ils avaient courus, se confiè-
rent encore à la Providence, et descendirent joyeu-

sement sur l'énorme glaçon contre lequel l'*Éclair*
était venu s'adosser.

Aussitôt, sur la proposition du savant, on es-
saya de reconnaître l'étendue de la banquise ; et
Trinitus étant monté sur le point culminant du
glacier, put voir, à l'aide de la lorgnette, que l'île
de glace flottante, dont il occupait le faîte, était
séparée des terres australes par un détroit en-
combré de glaçons. C'était une complication fâ-
cheuse.

Après avoir hissé le bateau sur la banquise, il
faudrait peut-être attendre que le vent la poussât
vers le continent ; mais il valait encore mieux
rester un ou deux jours sur le gigantesque glaçon
que de s'exposer au danger d'être écrasé par la
chute d'une de ces énormes montagnes que les
flots faisaient affreusement vaciller à chaque instant.

Le banc de glace paraissait d'ailleurs d'une extrême solidité, et le savant n'hésitait pas à dire
qu'il lui inspirait la confiance. C'était un plateau
de plus de quatre mille mètres de diamètre, presque circulaire et à peu près uni sur toute sa surface. Sur ses bords seuls se dressaient d'énormes glaciers tels que celui qu'avait escaladé Trinitus ; mais
ces blocs escarpés et menaçants paraissaient s'être
soudés à la banquise après avoir longtemps flotté
dans les eaux de l'Océan glacial.

Le travail étant un des plus puissants moyens à
employer contre le froid, les naufragés se mirent à
l'œuvre avec une grande activité. Ils n'avaient pas,
du reste, beaucoup de peine à prendre pour atti-

rer l'*Éclair* sur le glaçon, car le bateau était dis-
posé de manière à rouler facilement sur la terre,
et son petit volume joint à sa légéreté relative,
rendrait aisée la besogne entreprise par les trois
compagnons.

Au moment où ils commençaient à se mettre à
l'œuvre, le vent s'éleva peu à peu, et les craintes
de Trinitus auraient peut-être fini par se réaliser,
sans la promptitude avec laquelle ses amis et lui
procédèrent au sauvetage du navire.

Au loin, dans la mer, d'énormes glaçons avançaient rapidement. Des montagnes de glaces aux
vives arêtes, aux pics escarpés, aux flancs coupés
de ravins et de crevasses d'une profondeur extrême, des îles flottantes de toutes les dimensions,
des banquises d'une hauteur effrayante, des ice-
fields ou champs de glace, surchargés de glaçons
bizarrement façonnés, des minarets, des obélis-
ques, des coupoles, des clochers et des portiques de
cristal, voguaient, au gré des vents, comme les débris d'une planète fantastique, et se dirigeaient
vers la baie étroite au fond de laquelle s'était arrêté l'*Éclair*.

Trinitus et ses camarades entamaient à coups
de hache le glacier pour attirer plus aisément le
bateau sur la banquise; et de temps en temps,
quand ils s'arrêtaient pour reprendre haleine, ils
regardaient derrière eux, à l'horizon, si les hautes
montagnes de la Terre Victoria n'apparaissaient
pas au delà de l'épais rideau des brouillards et des
brumes.

L'Eclair traîné sur les glaces.

CHAPITRE XII

LA TERRE VICTORIA

Après une heure d'un travail opiniâtre et soutenu, l'énorme glaçon fut creusé d'une baie en pente douce, qui se prêtait à merveille au halage du bateau.

Trinitus attacha solidement à la base de la proue le câble le plus résistant qu'il put trouver dans la cabine, et sans beaucoup d'efforts, Marcel et Nicaise fixèrent sur la banquise le pauvre navire disloqué.

8

Cependant le vent glacial qui soufflait du nord poussait de plus en plus vers le rivage les énormes blocs de glace épars dans la mer. Par moment ces masses flottantes s'entrechoquaient, se heurtaient avec un bruit terrible, et quelques-unes, perdant l'équilibre, chaviraient dans les flots. Au milieu de l'épaisse brume qui déguisait leurs formes, ces glaçons formidables ressemblaient à des montagnes mouvantes, et s'écroulaient l'un sur l'autre comme Pélion sur Ossa.

Dans les mers glaciales qui baignent les pôles, ces épouvantables conflits entre les banquises se produisent fréquemment. Pour peu que le vent soit fort, les *icebergs* ou montagnes de glace naviguent avec une vitesse de plusieurs kilomètres à l'heure. Leurs flèches aiguës et scintillantes, leurs aiguilles dentelées, leurs bords taillés en créneaux, leurs flancs percés à jour ou ciselés de mille façons pittoresques, les font ressembler à des édifices féeriques, à des palais d'argent et de cristal flottant au hasard sur un océan d'azur.

Mais malheur au navire qui se trouve pris entre ces montagnes transparentes que les vents et les flots précipitent les unes contre les autres!... Écrasé comme le serait une coquille de noix entre deux énormes pierres, il sombre et s'engloutit instantanément sous les vagues.

Trinitus, ayant une parfaite connaissance de ces terribles phénomènes, s'était donc conduit avec la plus grande prudence quand il avait fait hâler le bateau sur la banquise. Mais le savant était trop

intelligent pour s'en tenir là. Il savait fort bien
qu'il ne serait complétement en sûreté qu'autant
qu'il aurait mis le pied sur le continent antarctique, et, sans plus attendre, il voulut traîner
l'*Eclair* sur le bord opposé du glacier flottant, pour
n'avoir qu'à le pousser sur la terre ferme, si la banquise venait heureusement s'y heurter.

Nicaise et Trinitus s'attelèrent donc au câble
fixé à la partie antérieure du bateau, et Marcel,
placé en arrière, poussa vigoureusement des deux
mains.

L'*Eclair*, reposant sur les crochets métalliques
qui faisaient saillie sous la cale, céda facilement
et patina sur la glace comme eût pu le faire un
traîneau.

La banquise plane et unie comme un désert ne
présentait aucun obstacle à la marche des voyageurs.

Un pâle soleil entouré de ces immenses cercles
colorés que l'on nomme des *halos*, éclairait vaguement la petite caravane ; des groupes de phoques
couchés sur la glace, et des bandes de mouettes et
d'albatros, bizarrement alignés sur les crêtes escar-
pées des icebergs, la regardaient passer sans mani-
fester le moindre effroi. On entendait autour de
la banquise des craquements, des clapotements
sinistres, des bruits étranges tout à fait comparables
aux aboiements aigus d'une troupe de jeunes chiens,
et Trinitus affirmait que ce vacarme était causé
par le choc des glaçons flottants qui se heurtaient
entre eux.

A mesure que les voyageurs s'approchaient du

bord de la banquise qui faisait face au continent,
l'immense champ de glace voguait aussi sous l'action du vent, et s'avançait peu à peu vers la terre
ferme. Ce gigantesque radeau allait bientôt peut-
être frapper la côte, et Trinitus comptait profiter
de ce moment pour jeter l'*Eclair* sur les terres antarctiques. En présence de cette nature morne, et
de ces régions à peu près inconnues, le savant
sentait se réveiller encore en lui la passion des
découvertes, et ses projets scientifiques lui faisaient
oublier par moments son infortune et ses douleurs.

Mais Nicaise et Marcel interrompaient à chaque
instant sa rêverie, par leurs questions et leurs de-
mandes incessantes.

Où allaient-ils ?... Que deviendraient-ils dans
ces contrées désolées, où la vie semblait tout à fait
impossible ?... Le bateau transformé en maison
roulante, contenait bien quelques provisions ; mais
quand ces provisions seraient épuisées, de quoi se
nourrirait-on ?... La tempête seule jetait des navires dans ces tristes parages ; mais, serait-on
même assez heureux pour être recueilli par quelque
bateau, capable, après un naufrage, de reprendre
et de continuer sa route ? L'avenir était, comme on
voit, très-effrayant pour eux ; cependant Trinitus
espérait toujours pouvoir réparer l'*Eclair* et gagner
en quelques jours la Nouvelle-Hollande, en relâchant
au besoin à quelques-uns des îlots éparpillés dans
l'océan Austral.

Ce fut en causant de la sorte, qu'après une heure
de marche, les trois compagnons atteignirent le

bord de la banquise. Quelques minutes après, celle-
ci se heurtait elle-même contre une énorme table
de glace soudée au continent ; et l'*Eclair* ayant été
promptement poussé sur ce promontoire glissant,
les voyageurs abandonnèrent la banquise pour abor-
der les terres antarctiques.

De gigantesques glaciers se dressaient à quelque
distance comme de hautes murailles, et formaient
contre la bise glaciale un abri naturel. Les trois
hommes conduisirent l'*Eclair* au pied de ces falaises de cristal, et après avoir pris toutes les précautions possibles pour se défendre du froid, ils
entrèrent dans le bateau pour se reposer des fatigues
de cette journée.

On sait que dans les régions polaires les nuits et
les jours ont chacun alternativement une durée de
six mois, et que lorsque le soleil est descendu derrière l'horizon pour ne reparaître qu'après une ab-
sence de cent quatre-vingts fois vingt-quatre heures,
il se produit dans le ciel ténébreux des météores
d'une éblouissante clarté.

Ceux-ci, nommés aurores *boréales* ou *australes*,
suivant le pôle auquel ils se manifestent, son'
des phénomènes électriques consistant en frange:
lumineuses dont le vif éclat vient dissiper par intervalles l'horreur d'une éternelle nuit.

Trinitus eût vivement désiré être témoin d'un
aurore australe ; mais d'après ses calculs, il pensait
que le jour durerait encore pendant trois mois, et
il espérait bien pouvoir repartir de la terre Victoria avant la fin de cette interminable journée.

Après avoir dormi pendant quelques heures dans la cabine de l'*Eclair*, soigneusement calfeutrée pour empêcher le froid d'y pénétrer, le savant et ses amis tinrent conseil pour savoir de quelle façon ils emploieraient leur temps dans les plaines glacées et inhospitalières du continent antarticque.

Il fut décidé que l'on s'occuperait d'abord des réparations à faire à l'*Eclair* et que l'on dresserait ensuite des signaux sur les points culminants du rivage, afin d'attirer l'attention des navigateurs qui, par hasard, voyageraient dans l'océan Glacial.

Le bateau fut examiné dans toutes ses parties; mais en visitant l'appareil électro-moteur caché dans la cale, Trinitus découvrit avec terreur que les dégâts étaient bien plus considérables qu'il ne le pensait.

Une longue tige d'acier de la grosseur du doigt, formant une des principales pièces de la machine, était brisée en trois morceaux, et ne permettait plus aux courants électriques fournis par les piles et les bobines, de passer dans les rouages de l'hélice et des rames-palettes. Cette tige de métal était pour ainsi dire la moelle épinière de l'*Eclair*. Elle transmettait le fluide électrique aux appareils qui le mouvaient, comme les nerfs conduisent le fluide nerveux à nos muscles, et, sans elle, le bateau était paralysé comme un homme qui s'est rompu la colonne vertébrale.

A cette vue, Trinitus poussa un profond soupir et cacha son visage dans ses mains.

Nicaise et Marcel ramassèrent dans la cale les

tronçons de la barre d'acier et, les tournant dans
leurs doigts d'un air stupide, les regardèrent avec
la tristesse de l'enfant qui vient de casser son jou-
jou.

Cependant, Trinitus restant plongé dans ses réflexions, Marcel prit la parole :

— Il est donc tout à fait impossible, dit-il, de ra-
juster ce morceau de fer ?

— Il faudrait en forger un autre... répondit le
savant.

— Et il n'y a pas de forgeron dans le pays !..
grommela Nicaise.

— S'il y avait seulement une forge, nous nous
passerions bien de forgeron, répliqua Trinitus.

— Eh bien ! cela peut se construire, une forge !
s'écria courageusement Marcel.

— Oui ! fit malicieusement Nicaise, nous aurons
la bise pour soufflet et des blocs de glace en guise de
charbon...

— Ce n'est que le combustible qui nous manque,
reprit le savant. Un morceau de houille gros comme
la tête nous sauverait la vie.

— A la rigueur on pourrait remplacer la houille
par un morceau de bois, continua Marcel.

— Parbleu !... ajouta Nicaise, nous allons trouver des fagots chez le charbonnier du coin !... Vous
êtes fous, ma parole !... Vous me parlez de bois et
de charbon comme si nous n'avions qu'à nous baisser pour en prendre, et je brûlerais en ce moment
la moitié de mon corps si j'étais sûr de pouvoir réchauffer l'autre...

— Le fait est, reprit Marcel, que ce serait le moment ou jamais d'allumer du feu... Le thermomètre est à 40 degrés au dessous de zéro...

— Nous ne trouverons pas un atôme de bois dans ces contrées, soupira Trinitus. Au pôle Nord, on peut recueillir entre les glaces, des mousses et des lichens : « Les derniers des végétaux y couvrent la dernière des terres, » comme dit Linné ; mais ici nous ne verrons aucune trace de végétation.

— Charmant pays ! exclama Nicaise.

— Alors, hasarda Marcel, je propose de demander à la mer le bois que la terre nous refuse. Les tempêtes sont nombreuses et terribles dans l'océan Austral. Bien des navires naufragés ont dû venir se briser contre des glaciers flottants... Nous trouverons infailliblement sur les côtes des débris et des épaves.

Cette proposition, quelque téméraire qu'elle fût, sourit à Trinitus et à Nicaise, qui n'avaient, du reste, rien de mieux à offrir. Après un maigre repas, les voyageurs s'armèrent des longs crochets qui leur avaient aidé à se frayer une route à travers la mer des Sargasses, et laissant l'*Eclair* auprès du glacier qui l'abritait, ils suivirent la côte occidentale de la terre Victoria.

La mer s'étendant à leur droite était cachée sous les glaces épaisses qu'elle supportait, mais son souffle brutal engourdissait Trinitus et arrachait des jurons à Nicaise. En revanche, les icebergs protégeaient un peu les voyageurs contre la bise mordante qui soufflait du continent. Arrêtés à chaque instant par des crevasses béantes sous leurs pas,

forcés de se cramponner aux angles des glaçons
pour ne pas glisser, tous trois grelottaient et songeaient à la douteuse issue de leur entreprise, mais
ils ne se décourageaient pas.

Ils marchaient depuis deux heures à travers les
blocs de glace sans avoir rien découvert, quand,
parvenus à la base d'une énorme falaise presque
inaccessible du côté où ils se trouvaient, Marcel
poussa tout à coup un cri de joie et de surprise.

— Voyez! voyez! s'écriait-il en montrant à ses
compagnons une sorte de drapeau qui flottait dans
les airs à la cîme du glacier.

Et pendant que Trinitus et Nicaise, stupéfaits,
écarquillaient les yeux, Marcel, agile comme un
chat, s'élança promptement vers la montagne de
glace pour atteindre le premier ce haillon flottant
et déchiqueté, dans lequel ses yeux de vingt ans
avaient reconnu le drapeau tricolore!...

Le signal au sommet d'un glacier,

CHAPITRE XIII

LE SIGNAL

Retrouver à la cime d'un glacier, dans une contrée inhabitable, et à une distance de plusieurs cen-
taines de lieues de toute habitation, le drapeau de
la France fixé au bout d'une perche, parut être à
Nicaise un de ces faits d'une invraisemblance inouïe
qui font hausser les épaules et sourire de pitié.

Cependant la chose était réelle, évidente, palpable. C'était bien le pavillon tricolore qui s'agitait aux yeux des voyageurs fatigués ; c'était bien le drapeau de la patrie que la bise secouait comme un appel joyeux, au sommet d'une falaise de glace, sur les côtes désolées du continent antarctique.

Trinitus, vivement ému, ne tarda pas à reconnaître, dans ce haillon battu par les vents, un signal de détresse, planté probablement par des naufragés, sur cet escarpement de glace. Suivi de Nicaise, qui avait beaucoup de peine à se remettre de son étonnement, il s'élança sur les pas de Marcel, et malgré l'agilité du jeune homme, il atteignit presque aussitôt que lui le sommet du glacier.

Le drapeau était cloué à l'extrémité d'une longue vergue, et celle-ci enchassée au milieu d'énormes blocs de glace entassés les uns sur les autres, avait pu résister aux efforts du vent, et se maintenir à peu près droite, malgré les violentes rafales qui soufflaient de la mer.

Malheureusement, ce signal n'avait été aperçu d'aucun navigateur ; car à quelque distance, au dessous du drapeau, apparaissait une lanterne fixée au mât, et à côté d'elle une bouteille contenant un rouleau de papier.

C'était là, probablement, le mot de l'énigme qui torturait l'esprit de Nicaise ; aussi les trois compagnons s'empressèrent-ils d'arracher la vergue, de détacher la bouteille et de la briser, pour lire le document qu'elle renfermait.

Trinitus, d'une main fiévreuse, prit le papier, et

le déroula rapidement. Voici ce qu'il contenait :

« Le navire français la *Jenny*, parti de la Nouvelle-Calédonie pour Brest, le 22 octobre, a été jeté
par la tempête sur les côtes de la *terre Victoria*...
L'équipage est venu dresser ce signal sur le point
culminant de la côte... La *Jenny* est enclavée dans
les glaces, à trois milles environ, vers le Nord...
Nos provisions sont achevées... le froid nous dé-
cime... Venez à notre secours. »

Trinitus termina par un profond soupir la lecture
de ce document, mais Marcel, n'écoutant que sa
bravoure et son dévouement, saisit la main de son
ami.

— Nous n'avons pas de temps à perdre ! Courons !
s'écria-t-il.

Le savant baissa la tête, et les yeux fixés sur la
lanterne, dans laquelle il ne restait plus qu'un
morceau de mèche carbonisée, répondit tout bas :

— Il est trop tard...

— Et d'ailleurs, ajouta Nicaise, que pourrions-
nous faire pour eux ?... Notre situation n'est-elle
pas la même que la leur ?...

— Ils sont morts... continua Trinitus, rêveur.

— Et nous ne tarderons pas !... marmotta Nicaise
tout grelottant.

— Allons donc !... reprit Marcel ; nous n'en sa-
vons rien ! Remuons-nous, que diable !... et nous
n'aurons pas froid !... Ce navire doit exister encore,
et nous le trouverons !

Ces derniers mots firent rayonner le front pensif
du savant.

— Oh! grand Dieu! s'écria-t-il, si ce navire existait!...

— Eh bien ?... fit Marcel.

— Eh bien! nous serions sauvés!... En quelques heures l'*Eclair*, réparé, pourrait de nouveau tenir la mer!

— Nous repartirions! exclama Nicaise, oh! que je regretterais peu ce pays!...

— Mais l'*Eclair* ne peut contenir que trois personnes, reprit Marcel, et si l'équipage de la *Jenny* est vivant.

— Aïe!... s'écria Nicaise... nous partirions sournoisement alors, sans rien dire! Ce serait un peu lâche, peut-être, mais il vaudrait mieux repartir...

— Ne parle pas ainsi, Nicaise!... interrompit Trinitus... Nous ne trouverons malheureusement que des cadavres sur la *Jenny*. Cette lanterne vide doit s'être éteinte avec le dernier matelot du navire. Sois persuadé que le feu de ce fanal, l'unique espérance de ces pauvres naufragés, a dû être soigneusement entretenu tant qu'il est resté sur ces glaces un homme vivant...

Nicaise, rougissant de son égoïsme, se mordit les lèvres ; mais comme il était meilleur au fond qu'il ne paraissait, il serra la main de Trinitus en lui disant :

— Vous avez raison !... Allons retrouver l'*Eclair* et nous nous mettrons à la recherche de la *Jenny*.

Les trois amis redressèrent à tout hasard la vergue où flottait le drapeau, et descendirent rapide

ment du glacier pour reprendre la route qu'ils a-
vaient suivie.

Après une heure de marche à travers les glaçons, quelques craquements étranges se firent entendre sous leurs pas, et Trinitus crut sentir deux
ou trois oscillations volcaniques.

Bientôt le ciel, extrêmement brumeux vers le
Nord, sembla tout enfumé ; d'épais nuages s'accu-
mulèrent dans cette direction, et de sourds grondements retentirent dans les airs...

— Qu'est-ce encore que cela ?... demanda Nicaise
surpris.

Une explosion formidable lui répondit à l'instant
même, et dans les brumes de l'horizon lointain apparut tout-à-coup une gerbe de feu. La vive lumière
qu'elle projetait éclaira la cime escarpée d'une haute
montagne ignivome jusqu'alors perdue dans les
nuages.

— Un volcan ! s'écrièrent Nicaise et Marcel, terrifiés.

— Eh ! parbleu ! fit Trinitus, tout réjoui, c'est le
mont *Erèbe*, découvert par James Ross en 1841 !...
N'ayez pas peur, mes amis, il n'est pas méchant !...

C'était bien en effet le mont Erèbe qui venait de
s'éveiller tout à coup.

Le grand volcan du pôle antarctique, élevé de plus
ae 3,750 mètres au-dessus du niveau de la mer,
est une gigantesque montagne de lave et de glaciers.
Située sous le 76° degré de latitude, elle offre l'effrayant contraste du feu le plus ardent avec le froid
le plus intense. Sa base est faite de glaçons, sa cime

est embrasée. La neige couvre ses larges flancs et des ruisseaux de lave bouillante les sillonnent. De là, un conflit incessant. Au contact du feu la montagne frémit. Elle tressaille douloureusement et rugit comme le patient que l'on torturait autrefois au fer rouge ; les coulées incandescentes de basalte en fusion s'éteignent en sifflant sous son écorce de glace, comme les tenailles ardentes dans les chairs du supplicié.

Trinitus et ses amis contemplaient avec admiration ce géant du pôle austral couronné d'un diadème de feu ; et le savant racontait à Nicaise, toujours un peu effrayé, comment James Ross avait pu s'approcher avec ses matelots assez près de ce volcan formidable sans courir aucun danger. Ce hardi navigateur avait reconnu que la montagne tout entière était formée de couches basaltiques et de tables de glaces superposées. Le froid, dans ces régions, était si intense, que la lave brûlante ne suffisait pas à fondre complétement le lit de glaçons sur lequel elle s'épanchait.

Pendant que Trinitus parlait, l'Érèbe grondait sans cesse et son cratère vomissait des torrents de vapeurs et des gerbes de flammes intermittentes. Celles-ci empourpraient le ciel à l'horizon et rougissaient les bords déchiquetés des nuages. Les montagnes environnantes étaient dorées par ce vaste incendie, comme le sont nos collines par le soleil couchant, et leurs cimes neigeuses, leurs aiguilles de cristal, leurs pics inaccessibles et taillés comme des prismes, reflétaient, en jetant mille éclairs, cet immense embrasement.

Çà et là dans ce paysage de feu, d'autres montagnes dressaient leurs crêtes dentelées ; et l'on distinguait nettement à côté de l'Erèbe un autre
cratère éteint, celui probablement que James Ross
désigna sous le nom de *Terror*, et qu'il regardait
comme le frère aîné de l'Erèbe.

Autour de ce gigantesque brasier apparaissaient
encore, comme des spectres entourant le foyer
du Sabbat, de hauts glaciers semblables à de formidables tours, et dont les multiples arêtes scintillaient à travers les brumes comme des traits lumineux.

Trinitus s'arrêtait par moments pour contempler
ce grandiose spectacle ; et si Nicaise et Marcel ne
l'eussent à tout moment pressé de continuer sa
route, le savant fut demeuré plusieurs heures en
extase devant cette éruption fantastique.

Les trois voyageurs finirent cependant par retrouver les falaises au pied desquelles ils avaient
débarqué, et rentrèrent avec joie dans leur maison
roulante pour s'y reposer un moment, avant de se
mettre à la recherche de la *Jenny*.

Ce fut pourtant le soir même de ce jour qu'ils
commencèrent cette expédition aventureuse. L'*É-
clair*, traîné par Trinitus et Nicaise, patina de nouveau sur les glaces et suivit la côte septentrionale
du continent.

La *Jenny* étant enclavée au milieu des banquises,
à trois milles de la falaise où le signal avait été
dressé, Trinitus pensa qu'il vaudrait mieux laisser

l'*Éclair* au pied du glacier que de s'en embarrasser pendant qu'on serait à la recherche du navire naufragé.

Marcel et Nicaise acceptèrent cette proposition, et la caravane étant parvenue à la base de la falaise, le bateau-amphibie de Trinitus fut logé dans une anfractuosité du glacier, à l'abri de la bise marine, qui poussait avec fracas les icebergs et les banquises sur le continent.

Alors, les trois hommes exténués de fatigue entrèrent dans la cabine et dormirent durant plusieurs heures d'un profond sommeil.

Cependant le mont Erèbe, après avoir longtemps encore vomi des flots de lave et des tourbillons de fumée, s'apaisa peu à peu, et ses grondements sourds cessèrent de se faire entendre.

L'éruption touchait à sa fin quand Trinitus se réveilla ; mais quoique le volcan fut éloigné de plus de trente kilomètres, le savant remarqua qu'une légère couche de cendres couvrait l'immense plaine glacée qui s'étendait entre la côte et les premières montagnes du continent. Pendant son sommeil, ces cendres vomies par le cratère, s'étaient doucement déposées sur le sol.

Quand Nicaise tout armé, sortit à son tour de la cabine, pour aller à la recherche de la *Jenny*, la vue de cette vaste nappe de poussière, étendue comme un tapis sur le désert glacial, le frappa de surprise et lui arracha une larme d'attendrissement.

Trinitus et Marcel, témoins de son émotion, mais n'en devinant pas la cause, lui demandèrent ce qu'il avait.

— Je m'explique, répondit le vieux marin, pourquoi le bon Dieu a mis des volcans dans ce pays-ci.

— Ah sapristi! fit Trinitus, je voudrais bien le savoir, moi...

— Parbleu! ajouta le bonhomme avec un sourire, cela se voit fort bien. C'est tout simplement pour jeter de la cendre sur la glace, afin que les braves gens qui vont à la recherche des navires ne risquent pas de glisser et de se casser les reins!...

— Tiens! fit Trinitus, l'explication n'est pas des plus scientifiques, mais elle n'est pas plus mauvaise pour cela!

Visite de la *Jenny*.

CHAPITRE XIV·

LE CADAVRE D'UN NAVIRE

D'après les indications fournies par le document écrit par les naufragés de la *Jenny*, Trinitus chercha le navire vers le nord de la falaise, à travers les énormes glaciers que le vent avait chassés vers la côte. Ces recherches furent extrêmement pénibles. Pour découvrir la mer, que masquaient à chaque instant des blocs de glace d'une hauteur prodigieuse, on devait grimper sur tous les pics accessibles ; et comme ceux-ci étaient généralement les

moins élevés, on ne découvrait, de leur cime, qu'un
horizon très-limité.

Il fallait suivre à chaque instant de véritables
ruelles creusées dans la glace, et dont les parois à
pic, plus élevées que des maisons de six étages,
bornaient la vue de tous côtés. Une foule d'obstacles insurmontables arrêtaient aussi très-fréquem-
ment les pas des explorateurs. C'était tantôt une
large et profonde crevasse qui s'ouvrait sous leurs
pieds, tantôt un amas de neige dans lequel ils s'enfonçaient jusqu'à la ceinture, et qui les forçait à ré-
trograder.

De temps en temps, afin de se faire entendre des
naufragés, si par hasard il en restait encore sur la
Jenny, les trois hommes poussaient à la fois des
hourrahs formidables qu'ils faisaient suivre d'une
décharge simultanée de leurs armes à feu; les
échos des glaciers, aux retentissements prolongés
et particulièrement sonores, multipliaient ces cris
et grossissaient le fracas des explosions; mais aucun autre bruit ne répondait à ces fréquents appels.

Trinitus commençait à croire que non-seulement
l'équipage tout entier de la *Jenny* était mort de misère et de froid, mais aussi que le navire lui-même,
écrasé probablement entre deux banquises, avait
disparu sous les flots.

Cependant, après trente-six heures de recherches opiniâtres, Marcel, ayant escaladé une falaise
que Nicaise et Trinitus considéraient comme un excellent observatoire, un point noirâtre, encadré
par un champ de glace, frappa tout-à-coup ses re-

gards. Mais la distance qui le séparait de ce point était si considérable, qu'il dut avoir recours à la lunette de Trinitus pour déterminer exactement ce qu'il voyait.

A peine avait-il porté à ses yeux l'instrument d'optique, qu'aussitôt un cri de victoire s'échappa de sa poitrine :

— Je vois le navire !... je vois la *Jenny* !...

Les bravos et les clameurs enthousiastes de Trinitus et de Nicaise accueillirent cette heureuse nouvelle ; les deux marins s'assurèrent par eux-mêmes de la position de la *Jenny*, serrée dans les glaces comme dans un étau ; et la petite troupe, alerte et joyeuse se dirigea rapidement vers le navire naufragé.

Bientôt les trois compagnons entrèrent dans la plaine glacée qui s'étendait à perte de vue autour de la *Jenny ;* et dès lors ils purent contempler tout à leur aise ce malheureux bâtiment.

C'était un brick de l'aspect le plus misérable. Ses mâts avaient été sciés au niveau du pont, et sa coque était toute bosselée par les chocs violents des banquises et des glaçons au milieu desquels elle avait navigué. Çà et là, ses flancs entr'ouverts bâillaient et semblaient couverts de plaies hideuses. Sur la glace, au pied du navire, avaient été abandonnés des fragments de planches, des lambeaux de voiles, des instruments de pêche, quelques outils à demi cachés sous la neige. Des bouts de corde pendaient de toutes parts ; une étroite échelle était dressée au-dessous d'une écoutille ouverte.

Trinitus et Nicaise, avant de monter, hêlèrent
plusieurs fois l'équipage; ils firent avec Marcel le
tour de la *Jenny* ; mais personne n'ayant répondu
à leurs appels réitérés, ils se décidèrent à grimper
sur le pont.

Tout-à-coup Trinitus, ayant curieusement regardé par un sabord, poussa un cri de stupéfaction
et d'effroi. Ses deux amis voulurent voir après lui,
et ils aperçurent dans une cabine un homme assis
devant une petite table chargée de registres et de
papiers.

Malgré la terreur secrète qui s'empara d'eux à
cette vue, ils n'hésitèrent pas à continuer l'exploration qu'ils avaient commencée; et dès qu'ils furent parvenus sur le pont, ils s'empressèrent d'en-
lever la neige accumulée à l'entrée de l'escalier. Ils
descendirent dans les cabines avec un empressement mêlé d'une vive anxiété, et se dirigèrent d'a-
bord vers la chambre occupée par le mystérieux
personnage qu'ils avaient aperçu à travers les vitres du sabord.

Trinitus ouvrit la porte; l'homme, toujours im-
mobile, était assis à la même place. Le savant s'approcha de lui et prit sa main : elle était raide et glacée. Une moisissure verdâtre couvrait ses lèvres
pâles et voilait ses yeux; sa main droite, appuyée
sur la table, tenait une plume, et un volumineux
journal était ouvert devant lui.

Pendant que Trinitus reconnaissait en tremblant
que ce malheureux avait été tué par le froid, Marcel ayant jeté les yeux sur les dernières lignes que

sa main avait écrites, lisait à haute voix ce qui
suit :

« 17 janvier. — Il y a aujourd'hui 33 jours que
notre navire est enfermé dans les glaces... Notre feu
s'est éteint hier soir ; et notre capitaine a vainement
essayé de le rallumer... Sa femme est morte ce matin de froid et de faim, et cinq hommes de l'équipage... Plus d'espoir ! »

En entendant ces paroles, Trinitus jeta les yeux
sur le journal ; mais tout-à-coup, reculant épouvanté, il tomba dans les bras de Nicaise en poussant une clameur terrible.

Il venait d'apercevoir sur la table un coffret qu'il
avait vu autrefois entre les mains de sa fille, et sur
lequel, en effet, le nom d'*Alice* était écrit en let-
tres d'or.

Sa stupéfaction, il est vrai, fut de courte durée :

Le savant s'élança vers cette boîte comme un avare
se serait jeté sur un trésor ; il la prit dans ses mains
et l'arrosa de ses larmes, en la baisant avec transport.

Nicaise et Marcel, étonnés comme lui, participaient à son émotion et sentaient renaître dans
leur cœur un nouveau courage.

Mais Trinitus, en ouvrant le coffret, pâlit subitement. Un frisson fit trembler tout son corps ; il
se demanda, saisi d'effroi, si la lettre que ses doigts
sentaient au fond de la boîte n'allait pas tout-à-coup
le frapper d'un coup mortel en lui apprenant la
plus fatale des nouvelles.

Ce fut un terrible moment d'angoisses pour le pauvre savant, quand, d'une main tremblante, il ouvrit ce mystérieux billet sur lequel il n'osait jeter les yeux. Mais soudain un éclair de joie fit rayonner son visage et battre son cœur. En un clin-d'œil il passa du doute le plus atroce à l'espérance la plus vive : il fut complétement transfiguré.

Le billet contenu dans le coffret était écrit de la main d'Alice. On y lisait ces quelques lignes tracées au crayon :

« Le paquebot anglais le *Richmond* a été brisé par la tempête dans la mer de Corail. Dix passagers sauvés par un canot viennent de débarquer sur les côtes d'une île qui leur est inconnue, mais qui doit appartenir à l'archipel des Nouvelles-Hébrides. — Que Dieu les protége, en attendant que leurs frères viennent à leur secours ! »

— Enfin !... s'écria Trinitus, la tempête a épargné ma chère enfant ! Elle vit ! et sa mère sans doute aussi est vivante !... Ah ! Nicaise !... Ah ! Marcel !... quel bonheur pour nous !... Du courage et nous les retrouverons !... A force de patience et d'énergie, nous triompherons de tous les obstacles !... Nous aurons été plus forts que tous les éléments conjurés contre nous !...

Nicaise et Marcel pressèrent avec effusion la main de leur ami.

— Chère enfant, reprit Trinitus attendri, comme elle devait peu s'attendre, en écrivant ce billet, qu'il serait lu par son père !... Comprenez-vous comment il est justement tombé entre nos mains ?

Ce sont les courants qui vont de la mer de Corail
au pôle qui l'ont poussé jusqu'ici. La *Jenny* était
déjà enclavée dans les glaces quand ses passagers
ont recueilli le coffret!... Peut-être même en est-il
fait mention dans le journal nautique, n'est-ce pas,
Marcel?

Le jeune homme, qui venait de prendre le journal sur la table, tourna deux ou trois feuillets et
s'écria tout-à-coup :

« 8 *janvier*. — Ce matin, un matelot a rapporté
une boîte jetée à la mer par des naufragés. Puis-
sent-ils, plus heureux que nous, échapper à l'affreuse mort qui nous attend!... »

—Pauvres gens!... fit Trinitus, en regardant de
nouveau le visage pâle et durci par le froid du malheureux que la mort avait cloué sur la chaise placée devant la table ; quel épouvantable supplice
n'ont-ils pas enduré !...

Mais, songeant bientôt qu'il trouverait probablement dans la chambre du charpentier tous les outils
nécessaires à la réparation de l'*Eclair*, le savant se
hâta de sortir de cette funèbre cabine, au grand
contentement de Nicaise et de Marcel.

En suivant les corridors du navire, les trois
hommes découvrirent encore plusieurs autres cadavres raidis par le froid, mais conservant toutes les
apparences de la vie.

La *Jenny* semblait être un vaste sépulcre ; et le
champ de glace au milieu duquel elle était empri-
sonnée, la rendait cent fois plus sinistre que le plus
sombre tombeau.

Nicaise marchait avec terreur sur ses planches sonores ; Marcel n'osait proférer une parole ; et Trinitus ayant parfois l'audace d'entr'ouvrir une porte, ne la refermait presque jamais sans une secrète épouvante.

Les cadavres de la *Jenny* étaient, en effet, véritablement effrayants. La plupart des passagers, ayant expiré dans d'atroces souffrances, avaient gardé sur leur visage l'expression horrible de la douleur ; et l'on eût dit que la mort, par un raffinement de cruauté, avait pris plaisir à conserver les traits de ses victimes, pour y voir constamment gravées les marques de la plus affreuse agonie.

Enfin, après quelques tâtonnements, Trinitus et ses deux compagnons arrivèrent à la chambre du maître charpentier. Il ne s'y trouvait aucun cadavre ; et tous les outils étaient à leur place habituelle. Une petite forge sans combustible apparaissait dans un cabinet voisin, dont la cloison avait été rompue probablement pour être brûlée. A cette vue, le savant poussa un cri de joie, et pendant que Nicaise brisait une vieille table pour faire du feu, il se mit à chercher dans les tiroirs et les caisses une tige de métal qui pût remplacer l'axe brisé de l'*Eclair*.

Au bout de quelques minutes il eut le bonheur de trouver une barre d'acier qui lui sembla posséder toutes les qualités désirables, et Marcel lui présenta une boîte de limes qu'il accueillit avec le plus grand plaisir.

Bientôt, grâce à la persévérance de Nicaise, la flamme jaillit dans la forge, la tige d'acier fut rougie au feu, et Trinitus la façonnant à son gré sur l'enclume, la frappa de cent coups de marteau formidables, comme s'il eût voulu réveiller les morts que la *Jenny* gardait dans ses flancs !...

Vue de la Nouvelle-Zélande.

CHAPITRE XV

LA NOUVELLE-ZÉLANDE

Il ne fallut pas au savant moins de six heures
d'un travail patient et continu pour forger l'axe
de métal qui devait rendre le mouvement à l'*Eclair*
paralysé. Mais, au bout de ce temps, Trinitus, en-
chanté d'avoir réussi, put montrer avec orgueil son
œuvre à ses compagnons.

Ceux-ci, voyant dans cette simple tige de fer la
nef de la prison de glace dans laquelle la tempête

les avait jetés, ne demandèrent plus qu'à quitter la
Jenny pour repartir avec l'*Eclair* à la recherche des
naufragés du *Richmond*.

Marcel emporta précieusement le coffret d'Alice,
sa fiancée ; Trinitus prit quelques outils et l'axe fabriqué par ses mains; Nicaise se chargea de quelques cornues de grès trouvées dans la cabine du mé-
decin, et d'une large plaque de verre destinée à
remplacer la vitre de l'*Eclair* cassée par Trinitus
après la chute de la trombe.

Ainsi équipés, les trois hommes abandonnèrent
le malheureux navire dont le froid et la misère
avaient fait un cimetière flottant et sur lequel les
vents glacés du pôle poussaient peu à peu l'épais
linceul de la neige.

La réparation de l'*Eclair* ne dura pas longtemps.
L'axe forgé par Trinitus s'adaptait à merveille à la
place de celui qui avait été brisé, et quelques coups
de lime rendirent l'ajustement parfait. Les piles
regarnies de sulfate de cuivre, et les fortes bobines
qui multipliaient la puissance du courant électrique furent réinstallées dans la cale du bateau
sous-marin; les appareils pour la fabrication de
l'oxygène et la production de l'atmosphère artifi-
cielle furent rétablis par Trinitus; et Marcel se
chargea de nouveau de leur surveillance.

Les cordages qui soutenaient les escarpolettes
accrochées sous le bateau ; les appareils plongeurs
et leurs tubes de caoutchouc destinés à puiser l'air
dans la cabine ; les soupapes du couloir cylindrique
au moyen duquel on descendait sur les escarpo-

lettes sans que l'eau pénétrât dans le navire ; toutes les parties délicates de l'*Eclair*, enfin, subirent successivement l'examen minutieux de Trinitus.

Après un frugal repas, les trois hommes s'attelèrent de nouveau à leur maison roulante et la traînèrent jusqu'au bord de la mer pour la remettre à flot. Nicaise et Marcel, ivres de joie, pénétrèrent d'abord dans le navire, et Trinitus, quittant après eux les terres antarctiques, envoya un dernier salut au sommet flamboyant de l'Erèbe qui se détachait majestueusement sur l'horizon brumeux.

Le savant, pour ne pas courir le risque de heurter un icefield sur son passage, et pour éviter l'écrasement de l'*Eclair* entre les banquises, fit aussitôt immerger le bateau, qui s'engouffra dans les flots de la mer Glaciale.

La température des eaux circumpolaires étant d'ailleurs bien plus élevée que celle des régions australes elles-mêmes, Trinitus et ses deux amis éprouvèrent d'abord un bien-être qui leur fut d'autant plus agréable qu'ils ne l'avaient pas prévu. Le bonheur qu'ils avaient de fuir ces contrées désolées, où bientôt ils eussent péri de faim et de froid, était inexprimable. Marcel et Trinitus bâtissaient une montagne de charmants projets, et Nicaise fredonnait, en gesticulant, des refrains de vieilles chansons, ce qui caractérisait chez lui le plus haut degré du contentement.

Pour gagner au plus vite l'archipel des Nouvelles-Hébrides où, d'après la lettre trouvée dans le coffret d'Alice, devaient avoir abordé les naufragés du

Richmond, le savant avait tracé sa route par les
îles Antipodes, le détroit de Cook, entre les deux
îles Néo-Zélandaises, le petit groupe de Norfolk, et
la pointe orientale de la Nouvelle-Calédonie.

Le détroit de Cook était le point central de cette
grande traversée; mais il n'était pas sans danger
de faire escale en cet endroit, à cause de la férocité des naturels de la Nouvelle-Zélande, qui cro-
quent volontiers tous les voyageurs dont ils peuvent
s'emparer. Après avoir dépassé les rochers inhospi-
taliers des Antipodes, Trinitus se vit pourtant
obligé d'émerger l'*Eclair*, qui menaçait à chaque
instant de talonner contre les bas-fonds et les récifs madréporiques avoisinant l'entrée méridionale
du détroit de Cook.

A peine cette manœuvre fut-elle exécutée, que
les trois navigateurs purent apercevoir les hautes
montagnes d'Ika Na-Mawi, l'île septentrionale de la
Nouvelle-Zélande, et parmi elles le pic neigeux de
l'*Egmont*, élevé de plus de 3,000 mètres au-dessus
du niveau de la mer.

A mesure qu'ils approchaient, la terre se décou-
vrant de plus en plus, étalait à leurs yeux des sites
magnifiques et de ravissants paysages. Des ruisseaux, descendant des montagnes, parcouraient des
vallées et des plaines plantées de bouquets d'arbres
à pain et de bananiers gigantesques. Des forêts de
cèdres et de cocotiers couvraient les flancs des collines; la côte était ombragée par une végétation
extraordinaire; et parmi les roseaux, les bambous
et les papyrus foisonnant dans les grandes herbes,

apparaissaient des bandes de flamants rouges qui pêchaient au bord des ruisseaux.

A la vue de cet Eden, si différent des régions glacées du continent antarctique, les trois amis restèrent saisis d'admiration. Nicaise eût bien voulu mettre un moment pied à terre pour aller faire une sieste sous une touffe de palmiers ; mais Trinitus et Marcel, ne rêvant plus qu'aux Nouvelles-Hébrides, prouvèrent si bien à leur camarade qu'il serait infailliblement dévoré par les cannibales, que le vieux marin, terrifié, n'aspira plus qu'à franchir rapidement le détroit de Cook.

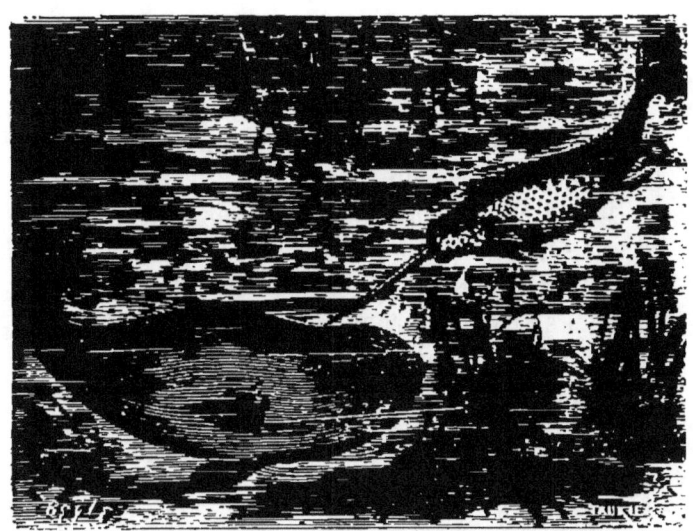

Combat de la baleine et du narval.

CHAPITRE XVL

UN DUEL DE GÉANTS

L'*Eclair* ayant franchi sans accident l'étroit passage qui sépare les deux moitiés de la Nouvelle-
Zélande, naviguait avec une effrayante vitesse sous
les flots tièdes du tropique, entre l'archipel de Norfolk et l'île des Pins, quand Marcel crut entendre à
quelque distance un sourd mugissement qui ne lui
était pas inconnu.

Trinitus et Nicaise, entièrement livrés à la joie
que leur causait l'espérance d'un débarquement

prochain, prêtèrent aussitôt l'oreille, et le savant s'élança tout à coup vers le moteur électrique pour arrêter la marche du bateau.

Mais l'*Eclair*, qui filait parallèlement à la crête d'une série de collines sous-marines, eut le temps d'arriver au-dessus d'une sorte de vallon, au fond duquel se livrait le combat le plus formidable qu'il soit possible de contempler.

Une baleine d'au moins vingt mètres de long était aux prises avec un autre animal, énorme et monstrueux comme elle, mais plus terriblement armé.

Le corps de ce féroce combattant, couvert d'une peau coriace et huileuse, était à la fois fort comme le chêne et souple comme l'osier.

Son extrémité caudale se terminait par une large nageoire musculeuse, fouettant et brisant les eaux comme le gouvernail d'un navire. Sa tête, petite et ronde, à peine distincte du col, présentait deux yeux noirs et perçants pleins de colère; et directement au-dessous d'eux s'ouvrait et se fermait tour à tour une étroite fente rougeâtre, soufflant ou grondant avec fureur. C'était la bouche, ridiculement petite et presque difforme, comparée aux dimensions colossales du corps.

Très-large à sa partie moyenne, le monstre s'amincissait considérablement à ses deux extrémités. Il offrait grossièrement l'image d'un fuseau. Le bout postérieur, armé de sa nageoire, se tordait et décrivait des ondulations comme un serpent; le bout antérieur, commençant à la pointe tronquée

du museau ; s'allongeait inflexible et rigide comme
une barre d'acier, sur une longueur de 3 mètres.
C'était une défense en ivoire, de la grosseur du
bras, dure et sèche comme une aiguille de granit,
aiguë et perçante comme une épée. Sa base se sou-
dait au front bronzé de l'animal, qui se servait de
cette arme comme un spadassin de son poignard.

Il combattait et frappait à outrance, parfois aveu-
glément et au hasard, effleurant à chaque coup la
baleine, qui l'évitait, et heurtant presque toujours
les récifs et les polypiers, qui volaient en éclats
sous ses coups.

Trinitus n'eut pas de peine à reconnaître à ces
formes et à cette défense caractéristiques, un des
plus redoutables habitants des mers, le *narval uni-
corne*, le *Monodon monoceros* de Linné, la fameuse
licorne de mer des romanciers du moyen-âge. Il
savait combien étaient horribles les combats que
livre à la baleine ce mammifère mystérieux et
presque mythologique ; il connaissait sa force et
son audace, et il n'ignorait pas qu'une foule de
vaisseaux attaqués en pleine mer par des troupeaux
de narvals, avaient été perforés par les défenses de
ces terribles animaux.

Aussi, craignant que la licorne qui combattait
sous ses yeux ne se précipitât, dans sa rage aveugle,
contre l'*Eclair*, le savant s'efforçait-il de maintenir
le bateau à une distance respectueuse des deux an-
tagonistes.

Mais Nicaise, à la vue de cette lutte effroyable,
avait senti se ranimer en lui l'ardeur de sa jeunesse,

et se souvenant qu'il avait autrefois fait la guerre à
la baleine dans les mers du pôle arctique, il voulut,
malgré les prières de Marcel et les conseils de Trinitus, descendre sur une escarpolette pour tenter de
foudroyer le narval d'un coup de harpon électrique.

Pendant qu'il se revêtait de son appareil plongeur, et qu'armé de pied en cap, il se glissait dans
le cylindre à soupapes pour s'installer sur l'une
des banquettes accrochées à l'Eclair, la baleine vivement attaquée par la licorne, se défendait avec
plus de hardiesse et d'opiniâtreté.

L'énorme cétacé n'ayant en son pouvoir aucune
arme offensive, se bornait à parer les coups que lui
portait incessamment son féroce adversaire. La mer
tressaillait et frissonnait sous les vigoureuses poussées de sa nageoire caudale ; des bruissements secs
et des grincements prolongés, semblables à ceux
que produit le déchirement brusque d'une étoffe de
soie, accompagnaient toutes les secousses et toutes
les contractions de son corps. Ses yeux brillaient de
terreur et d'épouvante, ses évents, effroyablement
dilatés, soufflaient comme un vent d'orage et faisaient bouillonner la mer.

Le narval se ruait avec une impétuosité inouïe
contre cette masse animée qui grondait comme un
tonnerre, et se dérobait à chaque coup, avec la lé-
gèreté d'un oiseau. Par ses mouvements rapides, et
ses évolutions instantanées, cet effrayant colosse se
rendait impalpable et presque invisible.

La défense de la licorne toujours frappait dans
le vide ou portait à faux.

Cependant, la lutte n'en était que plus acharnée, et les spectateurs s'attendaient à tout moment à voir le narval ouvrir le ventre de la baleine, quand tout à coup Nicaise, tenant à la main le harpon électrique apparut menaçant sur l'escarpolette.

Marcel et Trinitus, haletants et saisis d'effroi, se pressèrent instinctivement la main.

Ils éprouvèrent une angoisse indescriptible.

Soudain, un éclair éblouissant jaillit du sein des eaux : un bruit de foudre, suivi d'un fracas pareil à celui que produirait la chute d'une coulée de lave, dans la mer, retentit à leurs oreilles ; le bateau recula brusquement et le silence le plus affreux succéda à ce paroxysme de la lutte et de l'épouvante.

. . . .

L'escarpolette était vide... Nicaise et les deux combattants avaient disparu !...

Passage sous-marin. — Polypiers et corail.

CHAPITRE XVII

LA MER DE CORAIL

Qu'on juge de la consternation et de la douleur qu'éprouvèrent Trinitus et Marcel lorsqu'ils ne virent plus leur brave Nicaise, l'excellent ami qui n'avait point hésité à partager leurs luttes et leurs souffrances, le compagnon dévoué dont les sages conseils leur avaient tant de fois été si utiles !...

Le cœur brisé par l'émotion la plus poignante, les yeux baignés de larmes, la poitrine soulevée par les sanglots, les deux hommes haletants, tremblants, éperdus, se livrèrent en vain aux plus minutieuses recherches.

Vainement Trinitus poussa l'*Éclair* dans toutes les directions; vainement il explora les roches anfractueuses du fond de la mer; vainement il émergea le bateau pour s'assurer que Nicaise, désarçonné par les terribles animaux qu'il avait voulu combattre, n'était point remonté à la surface des flots; toutes manœuvres furent inutiles, le vieux marin ne reparut pas, et ses compagnons ne trouvèrent même pas son cadavre.

Qu'était devenu ce pauvre Nicaise? Une seule hypothèse était admissible, en réponse à cette terrible question. Il était probable que le narval, attaqué par le marin et frappé du harpon électrique, avait eu le temps de se retourner contre son agresseur et de le transpercer de sa redoutable défense. Nicaise, traversé de part en part avait dû être arraché de l'escarpolette, et entraîné bien loin sous les vagues par le monstre victorieux.

Après une journée d'explorations infructueuses, Trinitus et Marcel s'arrêtèrent découragés devant cette pensée affreuse, et comprenant bien qu'il était inutile de chercher leur compagnon plus longtemps, ils remirent tristement l'*Éclair* dans la direction des Nouvelles Hébrides, et ne tardèrent pas à pénétrer dans les eaux limpides de la *mer de Corail*.

Que leur âme alors eût été charmée, si elle n'eût pas été déchirée par la douleur la plus vive! Sous les flots qu'ils traversaient, un monde fantastique et l'on peut dire presque surnaturel, s'ouvrit tout à coup devant eux.

Ils étaient entrés dans le monde féerique où, depuis des milliers d'années, d'innombrables légions de zoophytes travaillent à bâtir un continent au milieu des mers. De toutes parts, autour de l'*Éclair* s'élevaient énormes et majestueux comme les chênes d'une épaisse forêt, de gigantesques arbres de pierre, blancs et durs comme l'ivoire.

Les dimensions de ces piliers colossaux étaient incalculables. Leur base, large comme celle d'une pyramide, s'appuyait sur toute la surface d'un plateau sous-marin ; leurs flancs caverneux et fouillés comme le clocher d'une église du moyen-âge renfermaient des pléiades d'animaux curieux, enchâssés dans la nacre irisée, ou dans la pourpre des coraux, comme des diamants dans l'or d'une parure. Une enveloppe transparente et tremblotante comme une gelée, revêtait, ainsi qu'une écorce cristalline, les vastes troncs et l'impénétrable ramure de ces arbres pétrifiés, et des bourgeons de toutes couleurs s'épanouissaient comme un feuillage à l'extrémité de leurs branches. Mais loin d'avoir l'organisation simple d'un tissu végétal, ces bourgeons multicolores étaient des êtres animés, intermédiaires aux animaux et aux plantes ; et tandis que les arbres produisent les feuilles dont ils se couvrent, ces êtres bizarres, au contraire, avaient bâti lentement les énormes végétaux de pierre, auxquels ils étaient suspendus.

Trinitus n'ignorait pas que ces zoophytes d'espèces et de formes si variées, quoique généralement désignés sous le nom de *polypes*, avaient, pendant une longue série de siècles travaillé constamment à l'œuvre cyclopéenne que ses yeux contemplaient : mais cette œuvre était si grandiose; elle dépassait tellement, même dans ses moindres détails, tout ce que pouvait concevoir l'imagination humaine, que le savant, stupéfait en présence d'un tel spectacle, sentait, malgré ses raisonnements, chanceler sa foi.

Il assistait du fond des eaux à la construction, par un animalcule informe, d'un immense continent.

Cette forêt de concrétions calcaires, de piliers de marbre, de colonnes de corail, de piédestaux, de madrépores et de polypiers était la base d'une contrée future, d'un monde à venir. Le polype diaphane et gélatineux, à la fois architecte et ouvrier de ces immenses travaux sous-marins, préparait sous le voile des eaux une terre nouvelle, pour des êtres plus parfaits que lui...

Les sels de la mer, constamment séparés, par le zoophyte, de l'onde qui les tient en dissolution, sont les seuls matériaux employés à la fondation de ces terres océaniennes qui s'élèvent chaque jour, et dont les principaux sommets ont déjà percé la nappe bleue de l'Océan pacifique. Une multitude d'îles, caractérisées par leur forme annulaire, surgissent constamment sous le ciel embrasé du tropique, et forment aux premiers jours de leur naissance des barrières de récifs contre lesquels les navires viennent souvent se briser.

Nées, comme Amphitrite, du sein des flots, ces iles blanches et vierges contrastent avec les rochers de laves et les pics volcaniques engendrés dans d'autres mers par les cratères sous-océaniques. Leur sol pur, doux et friable se brunit, comme la peau d'un enfant, au grand soleil; mais comme il est d'une extrême fertilité, la nature, qui sème la vie partout, ne le laisse pas longtemps oisif.

Les vents emportant à travers l'atmosphère des graines de toutes espèces, passent bientôt sur l'île tout étonnée de se voir à fleur d'eau, et lui prodiguent leurs chaudes caresses.

A ces baisers inconnus, au contact de ces haleines embaumées et fécondantes, la terre virginale tout à coup tressaille et frissonne. Elle a senti des racines s'allonger doucement dans son sein et la vie circuler comme un sang généreux dans ses entrailles... Elle se dilate et se réjouit aux feux du soleil; elle aime le souffle attiédi de la brise, elle se couvre de foréts sombres, pleines de nids et de fleurs; elle est la mère d'un paradis.

L'*Éclair* avançait doucement, à travers les tortueuses allées de ces massifs de coraux; et à mesure qu'il s'enfonçait sous ces voûtes d'ivoire recouvertes d'un émail vivant, le paysage sous-marin changeait d'aspect et devenait de plus en plus grandiose.

Les piliers et les colonnes prenaient des dimensions de plus en plus colossales; les arceaux, les porches, les balustrades, les arcs-boutants se multipliaient à l'infini et s'entrecroisaient de mille fa-

çons pittoresques; les ramures de gigantesques polypiers se joignaient pour former de vastes portiques, et par degrés cette immense forêt de madrépores se changeait en un féerique palais.

Le hasard combinait, dans cette architecture extraordinaire, les lignes les plus audacieuses et les
formes les plus extravagantes ; et pourtant il en ré-
sultait un ensemble d'une admirable harmonie.
Rien n'y choquait la vue : rien ne s'y faisait remarquer par sa petitesse. Les moindres détails de cette
œuvre commencée dès l'origine du globe et destinée
peut-être à ne finir qu'avec lui, charmaient l'esprit
observateur de Trinitus, et le frappaient d'un profond étonnement.

De tous côtés le savant apercevait, entassés et
groupés avec une perfection que la nature seule peut
atteindre, des ornements et des broderies de pierre
sculptés dans toutes les proportions et suivant tous
les styles. Pas une arête un peu saillante qui ne fût
gracieusement ciselée; pas une anfractuosité qui
ne fût évidée et fouillée comme par un artiste des
plus habiles.

Et pourtant les auteurs de ces incomparables
merveilles n'avaient suivi aucun guide, aucune rè-
gle, aucune loi. La bouche gélatineuse du polype,
le baiser dissolvant de l'eau, le frottement de la vague, avaient seuls accompli ce prodigieux travail !...

Mais ces édifices sous-océaniens ne sont pas seulement habités par les laborieux ouvriers qui chaque jour encore continuent leur interminable construction.

Tout ce que l'Océan indien renferme de zoophytes, d'annélides, de mollusques et de poissons curieux se rencontre dans les méandres et les galeries madréporiques de la Mer de Corail.

C'est là que vivent tous les animaux radiés dont la tête et le corps organisés sont soudés à des pieds de pierre.

Les *anémones marines* y déploient leurs tentacules brillamment colorées et s'épanouissent dans les excavations des polypiers comme de magnifiques dahlias dans de vastes corbeilles. Les *lithophytes* et les *caryophilies* rameuses y dressent leurs mille bras, et les *rétipores* y couvrent les massifs d'*éponges*, de *flustres* et d'*astréas* de leurs réseaux de dentelles. Des républiques d'*alcyons* y prospèrent, et des *gorgones* de toutes les nuances y fixent leurs larges éventails.

Par moments, ces tribus immobiles de fleurs animées tressaillent et semblent sortir de leur torpeur mystérieuse. Le charme inconnu qui pèse sur elles, cesse comme par enchantement, et tous ces êtres plongés dans l'azur liquide de l'Océan, s'éveillent et frissonnent. La vie paraît tout à coup jaillir de leur corps translucide et presque immatériel; des faisceaux lumineux, des auréoles phosphorescentes rayonnent de toutes parts ; et quand la nuit se répand à la surface des flots, les profondeurs de la mer, aussi bien que les espaces célestes, s'illuminent de mille feux. Alors les *equorées* bleuâtres, les *rhizostomes* et les *méduses*, épanouissant leurs ombrelles charnues, se promènent nonchalamment

11

à travers les vagues ; les *oursins* et les *astéries* étoi-
lées hérissent les bas-fonds et les constructions
madréporiques ; le monde sous-océanique tout
entier s'agite comme pour répondre au monde des
étoiles, et les splendeurs de la mer, aussi bien
que celles du ciel ne s'éteignent qu'aux rayons du
soleil levant !...

Trinitus et Marcel errèrent près de deux jours
au milieu de toutes ces merveilles ; mais la magnificence des spectacles qui frappaient leurs yeux n'a-
doucissait pas leur douleur. Cette admirable Mer
de Corail n'était que terrible et cruelle pour eux.
Elle avait d'abord englouti le vaisseau le *Richmond*,
elle venait de noyer Nicaise et de l'ensevelir à tout
jamais dans ses cavernes ténébreuses.

Cependant l'*Éclair* devait avoir tourné la pointe
orientale de la Nouvelle-Calédonie, et d'après les
calculs de Trinitus, il n'était probablement pas éloigné d'Annatom et de Tanna, les premières des Hébrides. Le savant le fit aussitôt émerger, et le bateau
étincelant au soleil navigua quelque temps vers le
nord-est.

Dans ces parages, les flots avaient une teinte rougeâtre due aux nombreux animalcules qui, parfois,
s'élèvent des profondeurs de la mer à la surface des
eaux, et dont plusieurs navigateurs ont observé de
nombreuses espèces. Mais ce phénomène remarquable n'intéressa pas beaucoup Trinitus. Les côtes élevées d'une île se montraient à l'horizon et le cœur
du savant battait avec violence. Peut-être était-ce
là-bas que sa chère Alice vivait encore auprès de

sa mère ; peut-être, sur ce coin de terre isolé, allait-
il enfin pouvoir presser dans ses bras sa femme et
son enfant !

Tout à coup une sombre pensée traversa l'esprit
de Trinitus. Il connaissait la férocité des indigènes
de la Nouvelle-Calédonie, et il n'ignorait pas que
ceux des Nouvelles-Hébrides étaient tout aussi cruels
que leurs voisins !

Avant de débarquer dans l'île dont il s'approchait de plus en plus, le savant voulut, en consé-
quence, faire ses préparatifs de guerre ; et tandis
que Marcel se munissait de deux carabines et d'un
revolver, Trinitus s'armait lui-même des fusils qu'il
avait achetés en quittant la France, et d'un magnifique couteau de chasse, qu'il mit à sa ceinture en
guise d'épée.

Trinitus retrouve sa femme et sa fille.

CHAPITRE XXII

A LA DERNIÈRE HEURE!.

Nicaise ne se trompait pas dans ses funèbres appréhensions. La retraite où ses amis se croyaient à
l'abri des Alfourous ne devait pas rester longtemps
inconnue à ces féroces cannibales, surexcités par la
désertion de leur dieu, la fuite de leurs captifs, et
par le meurtre de leurs plus braves guerriers.

Deux jours après l'escapade, une troupe d'indigènes reconnut sur le sable, au bord de la mer, des
empreintes de pas ; et comme Trinitus et ses compagnons étaient obligés de sortir de leur cachette

terre, attachèrent solidement **au tronc de quelque**
arbustes le bateau sous-marin.

Se mettant alors sous la protection de la providence, ils résolurent de consacrer deux jours au
moins à l'exploration de l'île ; et pour avoir une
idée générale du pays, ils voulurent gravir le sommet d'une haute colline dont les flancs revêtus d'une
végétation luxuriante, s'abaissaient mollement jusqu'à la mer.

L'oreille attentive au moindre bruit, l'œil au
guet, et l'arme au poing dans la crainte d'une surprise, ils pénétrèrent dans un bois de cocotiers mêlés
d'arbres à pain, et l'âme livrée aux plus vives
émotions, ils avancèrent prudemment dans l'intérieur des terres.

Le flanc de la colline, raviné çà et là par les
pluies torrentielles qui tombent sous les tropiques,
offrait de distance en distance de larges déchirures
hérissées de pointes de roches, et dont les bords
irrégulièrement taillés formaient une multitude de
retraites et d'abris.

Ces ravins aux parois déchiquetées, s'enfonçaient
comme des chemins creux sous les ombres des
gigantesques végétaux qui les couvraient, et des
légions de hautes plantes herbacées s'élevaient sur
les sables jaunes accumulés au fond de ces vastes
sillons creusés dans l'argile.

Un bourdonnement continuel se faisait entendre
dans le bois. C'était un bruissement d'ailes de gros
papillons et de scarabées, qu'entrecoupait par
moment le sifflement d'un oiseau moqueur, ou

le frôlement rapide des feuilles par un lézard effrayé.

Le ciel était d'un azur intense ; et le soleil inondant de lumière la campagne, épanouissait presque à vue d'œil les fleurs des grands végétaux qui versaient sur le sol leur ombre bienfaisante.

Trinitus et Marcel, ravis de la beauté du paysage, marchaient côte à côte, supportant la chaleur sans se plaindre, et se résignant à faire quelquefois de grands détours lorsque d'impénétrables massifs de plantes épineuses arrêtaient leurs pas. Trinitus, très-savant en botanique, était d'ailleurs ravi de voir dans toute leur splendeur ces superbes végétaux des régions équatoriales qu'il avait seulement étudiés jusqu'alors dans des albums ou dans des livres.

Sa joie était extrême quand, grâce à sa mémoire seule, il les reconnaissait. Tantôt il s'arrêtait émerveillé devant un sagoutier magnifique ; tantôt il contemplait les arceaux de verdure formés par les entrelacements hardis des aristoloches et des glycines ; tantôt il tombait en extase devant l'arbre à cire, l'arec à cachou, l'euphorbe aux tiges grasses, ou le muscadier. Il faisait des théories admirables à propos d'une sensitive qu'il froissait de son contact, et, par des arguments irrécusables, il démontrait clairement à Marcel enthousiasmé, que le *macropiper methysticum*, dont les peuplades de l'Océanie retirent un suc enivrant, n'était pas du tout semblable au *piper Betle*, qui fournit l'abrutissant narcotique nommé le bétel.

Après quelques heures de marche, les deux compagnons arrivèrent au sommet de la colline, et le panorama qu'ils découvrirent de ce point culminant redoubla leur admiration.

L'île tout entière était enfouie sous le feuillage, par intervalles seulement, quelques pics escarpés, dressant dans le ciel leurs aiguilles aiguës, perçaient l'immense nappe de verdure étendue à leur base.

Trinitus et Marcel furent tirés de la contemplation extatique dans laquelle ils étaient plongés, par des cris gutturaux et sinistres qui les firent tressaillir. Ces cris semblaient sortir d'une poitrine humaine, et partaient de l'extrémité du vallon séparé de la mer par la colline que les deux voyageurs venaient de gravir.

Plutôt surpris qu'effrayés, Trinitus et Marcel se regardèrent un moment avec hésitation : mais, tout à coup, la même pensée leur venant à tous deux, leurs yeux brillèrent d'une lueur farouche...

— Alice est peut-être là-bas !... murmura Marcel en frissonnant...

—Courons ! s'écria Trinitus ; et serrant avec énergie la main de son compagnon, il s'élança avec lui vers le fond de l'étroite vallée.

En un clin d'œil, les deux hommes, passant comme deux boulets à travers les massifs et les fourrés, atteignirent la lisière du bois, mais ils s'arrêtèrent subitement saisis de stupéfaction et d'horreur.

Ils avaient sous les yeux un affreux spectacle. Au centre d'une vaste clairière, sur les bords d'un ruisseau caché entre deux haies de plantes et d'ar-

bustes, une quarantaine de sauvages hideux entouraient une jeune fille de leur race étroitement
liée au tronc d'un palmier.

Devant elle, celui qui semblait être le chef de
la tribu se tenait armé d'une grosse pierre et d'un
outil, probablement en bois dur, ayant l'apparence
d'un ciseau à froid. Il appuya la pointe de cet instrument sur les dents incisives de la jeune fille et
frappa de toutes ses forces sur l'extrémité opposée.
La victime poussa un cri terrible, semblable à celui que les deux amis avaient entendu, et un ruisseau de sang jaillissant de sa bouche coula sur sa
poitrine bariolée d'étranges tatouages...

Un rugissement approbateur poussé par les as-
sistants prouva que l'opération avait réussi, et le
plus jeune des sauvages plongeant ses doigts dans la
bouche de la patiente, en retira trois ou quatre
dents brisées...

A cette vue, Marcel sentit ses cheveux se dresser,
mais Trinitus, se rappelant les mœurs des peuplades
océaniques, rassura d'un mot son ami.

— C'est un mariage ! lui dit-il... Nous ne sommes pas de la noce !... Allons-nous en !...

Soudain, une clameur aigre et perçante comme
le cri d'un oiseau de proie, retentit derrière les
touffes de lauriers et de canna, sous lesquelles s'é-
taient embusqués les deux amis.

Terrifiés par cette attaque inattendue ils se re-
tournèrent et virent passer comme un éclair, à travers les arbres, une forme humaine qui disparut
aussitôt.

— Fuyons !... s'écria Trinitus, nous sommes découverts !...

Marcel, haletant, sortit de sa cachette, en proie
à la plus vive frayeur. Les deux compagnons, tenant leurs fusils prêts, accélèrèrent leur marche, et
se courbant pour échapper à la vue des indigènes,
battirent en retraite vers la côte, pour essayer de rejoindre leur bateau.

Mais au cri d'alarme qu'ils avaient entendu, les
naturels occupés à la cruelle cérémonie qui avait si
vivement excité l'indignation de Marcel furent pris
d'une sorte de terreur panique, et détachant la
jeune fille pour la remettre à son fiancé, ils cou-
rurent, en poussant des cris, prendre des armes
dans les huttes qu'ils avaient construites au fond
de la vallée.

Quelques-uns de ces sauvages habitaient des cavernes creusées dans les flancs de la colline; d'autres se contentaient d'une cabane construite avec
des feuilles de bananiers; mais tous avaient en
leur possession des armes formidables. Les haches
de silex taillés, les zagaies, les massues, les couteaux empruntés aux éclats naturels du jaspe et du
porphyre, les flèches de cailloux façonnées et fixées
sur des tiges de bois dur; tout l'arsenal, datant
chez nous de l'âge de la pierre, était entre les mains
de ces indigènes.

Quand ils entrèrent dans le village, criant, gesticulant et se démenant de cent manières étranges,
tous ceux de leurs semblables qui n'avaient pas
quitté leurs cabanes s'armèrent à la hâte et se mê-

.lèrent aux arrivants. En un clin d'œil, toute la tribu, comme une fourmilière agitée, fut en mouvement. Les hommes prirent les haches et les zagaies, les femmes et les enfants s'armèrent de bâtons pointus et de grosses pierres. Deux colonnes se formèrent, composées chacune de plus de soixante combattants ; et, pendant que l'une longeait le rivage pour couper la retraite à l'ennemi, l'autre s'élançait à travers bois à la poursuite des fugitifs.

Bientôt Trinitus et Marcel, ayant à peine fait le quart du chemin qu'ils devaient parcourir avant de rejoindre l'*Eclair*, entendirent tout à coup, derrière eux, une rumeur lointaine. Mais ce bruit sinistre devenait à chaque seconde plus distinct et plus clair. C'était comme un vent d'orage soufflant à travers bois ; à tout moment des clameurs plus hautes le dominaient, et des craquements d'arbres brisés s'y mêlaient par intervalles.

— Courons!... courons!... s'écriait Trinitus essoufflé ; mais soudain un murmure, grave et sourd comme celui qu'il venait d'entendre, frappa de nouveau son oreille.

Les deux compagnons stupéfaits s'arrêtèrent et se regardèrent saisis d'épouvante. Le second bruit venait du côté de la mer...

— Nous sommes cernés!... fit Marcel en jetant autour de lui des regards inquiets.

Il allait, pâle et terrifié, s'appuyer contre un arbre, quand une idée de génie, traversant l'esprit de Trinitus, celui-ci saisit vivement par le bras son jeune compagnon.

— Viens! viens! lui cria-t-il, et, se précipitant à travers buissons et fourrés, il entraîna son ami jusqu'au bord d'un de ces ravins profonds creusés par les pluies sur les flancs de la colline.

Les parois de cette large crevasse, hautes de trois à quatre mètres, étaient presque à pic.

Marcel ne sachant s'il allait tomber dans un repaire de serpents, eut un moment d'hésitation; mais, poussé par Trinitus, il sauta comme lui dans l'abîme.

Heureusement, au fond du ravin, était amassée une épaisse couche de sable. Les deux fugitifs se relevèrent à la hâte, et Trinitus, remarquant, sur la paroi opposée du gouffre, un bloc de rocher mis à nu par les eaux, et sous lequel apparaissait une anfractuosité profonde, résolut d'en faire une forteresse contre les assaillants. Il y grimpa précipitamment avec Marcel, poussa sous le rocher deux blocs qui s'en étaient détachés, entassa sur cette première base quelques autres grosses pierres, et se fit en un instant une muraille percée de meurtrières, derrière laquelle Marcel et lui se trouvaient à couvert. Du pied de ce rempart, jusqu'au fond du ravin, le talus, très-incliné lui-même, fournissait une fortification naturelle, et c'était de ce côté seulement que l'attaque était possible.

Trinitus alors ne chercha plus à rassurer Marcel. Il n'hésita pas à lui dire que de tous les dangers qu'ils avaient courus celui qui se présentait était le plus grand. Les indigènes armés contre eux appartenaient à la famille des Alfourous ou Mélanésiens,

les plus féroces de toutes les tribus peuplant les
îles du Pacifique. Il valait cent fois mieux mourir
en les combattant que tomber, vivants, entre leurs
mains

A ce moment suprême, les deux amis donnèrent
une dernière pensée aux deux femmes bien-aimées
que le destin cruel semblait de plus en plus écarter
de leur route, et rassemblant tout leur courage pour
vaincre l'émotion qui les gagnait, ils s'apprêtèrent
à la lutte.

Cependant une clameur terrible, accompagnée de
rires affreux, de cris de joie et de chants sinistres,
leur apprenait que les sauvages étaient sur leur
trace. En effet, les deux bandes venaient de se
réunir, et, guidées par l'affreux instinct qui les
animait, elles marchaient tumultueusement vers le
ravin où s'étaient réfugiés Trinitus et Marcel.

Trinitus et Marcel dans la grotte.

CHAPITRE XIX

LE COMBAT

Arrivée en présence du rocher sous lequel s'étaient abrités les fugitifs, l'horrible troupe des Alfourous s'arrêta tout-à-coup.

Le ravin la séparait du retranchement qui protégeait les deux compagnons ; mais les féroces indigènes reconnurent bien vite que derrière ces blocs de pierre étaient cachés les deux hommes qu'ils cherchaient. L'un d'eux découvrit même le chemin qu'ils s'étaient frayés au milieu des plantes qui foi-

sonnaient dans le ravin ; et, en regardant attentivement, il vit briller à travers les interstices du
rempart improvisé, les yeux ardents de Trinitus.

A son appel, toutes les têtes se penchèrent pour
regarder ; toutes les mains se tendirent pour montrer l'ennemi et le menacer.

La troupe entière composée de cent cinquante à
deux cents individus, vint se grouper à l'endroit
d'où l'on découvrait le mieux le rocher ; et sans
ordre, sans décision, sans commandement, cette
multitude hurlante s'apprêta au combat.

Les Alfourous, comme l'ont constaté plusieurs
voyageurs, sont très-habiles à manier la hache et la
massue ; ils savent aussi se servir très-adroitement
de la fronde, et quelques-uns lancent la flèche ou
la zagaie avec une grande dextérité.

La plupart de ceux qui venaient assiéger Trinitus
et Marcel étaient armés de massues ou de haches ;
mais, dans le nombre, le savant en vit plusieurs
qui portaient des arcs et des javelots, et il les signala particulièrement à son compagnon.

—Ceux-là sont les plus dangereux, lui dit-il ;
leurs armes sont empoisonnées au curare... C'est
par eux que nous devons commencer.

Soudain, une grêle de pierres, lancées du bord
opposé du ravin, se mit à pleuvoir sur le rocher et
fit voler en nombreux éclats la crête de la muraille.
Quelques projectiles pénétrèrent même par ricochet
dans la grotte, à travers une large ouverture, exis-
tant au-dessus du rempart ; mais ils ne blessèrent
ni Trinitus ni Marcel.

Pour mieux surprendre les sauvages, le savant
ne voulut pas répondre à cette première attaque,
et, pensant bien qu'après les pierres viendraient les
flèches, il avertit Marcel pour qu'il fît feu en même
temps que lui sur tous les tireurs qui se présente-
taient.

Mais, plus rusés que ne le pensait Trinitus, ceux-
ci comprirent qu'ils perdraient leur temps et leurs
armes à tirer contre la muraille. Ils venaient de
voir que la seule issue ouverte aux projectiles était
le large espace séparant le rocher du bord supérieur
du rempart, et c'est par cette ouverture, — véritable défaut de cuirasse, — qu'ils résolurent de
lancer leurs flèches et leurs zagaies. Un arbre
énorme, un manguier, incliné sur le ravin et dont
les branches colossales s'étendaient comme un pont
naturel jusqu'au rocher, semblait avoir été planté
au bord de ce fossé profond pour favoriser cette
perfide manœuvre.

En voyant tous les Alfourous armés de flèches se
presser au pied de cet arbre, et se disputer la gloire
d'y grimper les uns avant les autres, Trinitus
devina leurs intentions et comprit qu'en marchant
sur les branches ils allaient arriver jusqu'au-dessus
du rempart.

Heureusement ils ne pouvaient, malgré leur agilité, atteindre tous en même temps le faîte de l'arbre,
et Marcel ne désespéra pas de les abattre à mesure
qu'ils arriveraient sur les branches transversales.

Ceux des naturels qui n'avaient pour attaquer
ou se défendre que la hache de pierre ou la massue,

12

se mirent à pousser d'horribles clameurs, à se rouler dans le sable, à se frotter le corps de poussière
d'ocre, et à sauter pêle-mêle dans le ravin pour
tenter l'assaut de la grotte, tandis que leurs compagnons, postés dans les branches, cribleraient de
flèches les assiégés.

A la vue de ces horribles démons déchaînés contre
eux, Trinitus et Marcel frissonnèrent.

— A toi ceux de l'arbre, fit le savant, à moi les
autres...

Et tous deux se penchèrent sur leurs fusils.

Il y eut un affreux moment de silence.

Les Alfourous, rugissant et criant, avaient en-
vahi le fond du ravin, et la hache au poing, menaçants, terribles, ils regardaient avec une inquiète
férocité ces quelques pierres superposées qu'ils tou-
chaient presque de la main, et derrière lesquelles
ils sentaient palpiter leur proie.

Trinitus, vivement ému, voyait à quelques pieds
de distance au-delà de la mire de son fusil tous ces
yeux étincelants, toutes ces dents blanches, tous ces
visages tatoués se tourner avidement vers lui; il
considérait avec une anxiété profonde ces crânes
huileux et luisants, ces poitrines nues et haletantes,
qui s'avançaient et montaient comme une marée
pour atteindre la base du rempart. L'odeur forte de
tous ces corps hideusement bariolés le saisissait à
la gorge; il sentait déjà le souffle fétide de toutes
ces bouches altérées de sang humain, et, sous son
doigt nerveux, il pressait, prêt à faire feu, la dé-
tente de son arme.

Soudain une clameur plus effroyable encore que les précédentes retentit et la tête du plus courageux des assaillants apparut à la hauteur du rempart. Le fusil de Trinitus s'abattit sur elle, et le coup partit. L'Alfourou, le crâne brisé, tomba sans pousser un cri, et ses compagnons épouvantés reculèrent brusquement, tandis que Marcel foudroyait à son tour un second ennemi embusqué dans les branches de l'arbre...

Un moment déconcertés par la mort de leurs plus braves guerriers et par la détonation des armes à feu, les Alfourous hésitèrent quelques secondes à livrer un deuxième assaut. Mais, bientôt, surexcités par la vue des deux cadavres et par les cris de leurs chefs, ils se ruèrent avec une nouvelle impétuosité contre le rempart.

Par bonheur pour les assiégés, le talus qui soutenait leur fortification était rocailleux et escarpé; deux hommes à peine pouvaient l'escalader à la fois; et Trinitus rechargeait assez promptement son arme pour avoir à chaque escalade deux coups de fusil à tirer.

Les assaillants recevaient la mort à bout portant; les balles traversaient leur poitrine ou faisaient jaillir leur cervelle; ils tombaient en arrière comme de lourdes masses, écrasant ceux qui les soutenaient et qui s'élançaient après eux.

Les combattants armés de flèches n'étaient pas plus heureux, et Marcel les décimait à mesure qu'ils se hasardaient sur les branches de l'arbre...

Cependant les sauvages ne reculaient plus. A chaque coup de fusil ils répondaient par un rugissement de fureur et ils lançaient avec rage, contre la muraille inaccessible, leurs haches et leurs épieux impuissants. Les zagaies et les flèches pleuvaient aussi sur le rocher ; mais la plupart, heurtant la pierre, retombaient sur la tête des assaillants et ne faisaient qu'augmenter leur colère et leur désordre.

Tout à coup, Marcel entendit retentir à la base du manguier des coups secs et précipités et il n'eut pas de peine à comprendre que les sauvages frappaient l'arbre à coups de hache pour le faire tomber dans le ravin.

C'était, de la part des assaillants, une manœuvre habile, car le manguier gigantesque se penchait justement au-dessus du rempart, et il ne manquerait pas de le faire écrouler dans sa chute. La hauteur même de la paroi du ravin protégeait les Alfourous occupés à cette besogne ; il était impossible de les atteindre et de les disperser à coups de fusil. A un cri particulier qu'ils poussèrent, tous ceux des leurs qui luttaient inutilement dans le ravin s'écartèrent tout-à-coup et passèrent de la plus aveugle fureur à la joie la plus vive.

Hors des atteintes de Trinitus, ils se mirent à regarder l'arbre énorme tremblant au-dessus de leurs têtes, et prêt à s'abattre sur cette frêle muraille que tous leurs efforts n'avaient pu renverser.

C'en était fait de Trinitus et de Marcel. Leurs

armes à feu devenaient inutiles; et dans leur désespoir ils résolurent de se laisser écraser par les
branches de l'arbre plutôt que de tomber entre les
mains des Alfourous.

Sapé sans relâche par vingt bras vigoureux, le
manguier oscillait avec des craquements terribles.
Serrés l'un contre l'autre et se pressant les mains,
les deux assiégés voyaient cette formidable masse
de verdure se balancer sur leurs fronts et menacer de les ensevelir. C'était comme une avalanche suspendue sur leurs têtes; et par une cruelle
ironie, c'était une avalanche de feuillages et de
fleurs.

Cependant, l'arbre tressaillait de plus en plus.
D'épouvantables secousses ébranlaient ses énormes
rameaux et faisaient s'envoler du fond des corolles
un essaim de papillons effrayés. Ces insouciants,
ivres de parfum, partaient deux à deux, s'élevaient
en tournoyant dans l'azur; et le regard fixe et
morne de Marcel les accompagnait jusqu'à ce qu'ils
eussent disparu sous les ombrages du bois. Trini-
us, la tête basse, l'œil humide, tenant entre ses
bras son jeune ami, attendait l'horrible chute qui
devait l'écraser et le broyer contre le rocher...

Enfin un dernier craquement se fit entendre, et
au milieu d'un fracas et d'un tumulte assourdis-
sants, l'arbre s'abattit.

Les Alfourous se précipitèrent dans le ravin que
le manguier remplissait de sa vaste ramure. et se
mirent à entonner un chant de victoire. Le rempart
avait été entraîné par les branches de l'arbre qui

s'étaient brisées contre le rocher et l'avaient sil-
lonné de profondes rayures.

Trinitus et Marcel, ensevelis sous le feuillage,
n'avaient pourtant pas été écrasés, et toutes leurs
blessures se bornaient à quelques contusions. Les
Alfourous, pressés de se venger, se précipitèrent
sur eux, mirent leurs vêtements en lambeaux, se
partagèrent leurs armes, et, tout joyeux de voir
qu'ils respiraient encore, ils les garrottèrent solidement avec des lanières et des courroies.

Alors commença une scène qui glaça de terreur
les deux prisonniers. Quelques Alfourous allumèrent un grand feu au milieu même du ravin, et
Marcel, le premier, fut traîné par ces féroces cannibales au bord du brasier. Mais au moment où les
couteaux de pierre rougis à la flamme s'approchaient de ses membres tremblants, une vingtaine
d'autres sauvages accoururent portant une sorte
de litière formée avec des branches d'arbres, et
criant de toutes leurs forces : *Koyauw! Koyauw!*...

A ce mot magique, les plus farouches courbè-
rent leur front dans le sable, et se relevant promptement, ils aidèrent à placer sur la litière les deux
captifs à demi morts. Les Alfourous qui venaient
de réclamer les victimes, les chargèrent sur leurs
robustes épaules, et suivis de tous leurs compagnons chantant et dansant, ils se dirigèrent vers le
centre de l'île.

Risafee reconnaît Trinitus et Marcel.

CHAPITRE XX

LE DIEU

Couchés côte à côte sur l'étroite litière, garrottés par de solides courroies, et tout meurtris par la chute de l'arbre que les sauvages avaient fait tomber sur eux, Trinitus et Marcel étaient en proie aux plus affreuses angoisses.

Ils n'avaient même plus la force de se soutenir réciproquement par quelques paroles d'espérance et de consolation; et tout ce qu'ils voyaient, tout ce qu'ils entendaient leur semblait être un horrible cauchemar. D'épouvantables démons les emportaient; des clameurs féroces retentissaient à leurs oreilles; cent têtes hideuses les entouraient, fixant sur eux des yeux obliques, où brillait le feu de la plus atroce convoitise.

Où les conduisait-on? Pourquoi ne les avait-on pas sacrifiés sur le champ?... Quel raffinement de cruauté préparait-on à leur supplice?... Ni l'un ni l'autre ne le savaient. Ils étaient proie et butin, et ne se faisaient pas illusion sur le sort qui les attendait.

Les Alfourous, alertes et vigoureux, marchaient vite, malgré leur charge. Quelques-uns des guerriers qui suivaient la litière aidaient de temps en temps les porteurs; d'autres poussant de grands cris de joie, ouvraient triomphalement la marche et frayaient le chemin

Les campagnes que l'effroyable caravane traversait étaient splendides. Mille arbrisseaux fleuris embaumaient l'atmosphère de leurs suaves émanations; de tous côtés voltigeaient à travers les arbres des essaims de scarabées; les magnoliers aux fleurs blanches étaient remplis d'oiseaux; l'horizon, tantôt fermé par un rideau de bois, tantôt découvert et noyé dans l'azur, présentait à chaque instant les aspects les plus pittoresques.

Trinitus regrettait de n'être pas mort au milieu des glaces de la Terre Victoria ; il enviait le sort des malheureux naufragés de la *Jenny*, et la magnificence du paysage qui s'offrait à ses regards réveillait dans son âme l'ardent désir de la vie. Aussi, pour ne pas accroître par des souhaits inutiles les angoisses qui le torturaient, fermait-il ses yeux au ravissant spectacle qui se déroulait ironiquement autour de lui.

Ce ne fut qu'après une heure de marche que les Alfourous sortirent des bois pour déboucher dans une vallée parcourue par un large ruisseau, et tout-à-coup, au détour d'un gros bouquet d'arbres et de graminées gigantesques, apparut à la base d'une haute colline, un village composé de deux ou trois cents cabanes environ.

Aussitôt que la troupe fut aperçue des habitants de ce village, une multitude d'autres indigènes accoururent pour voir les prisonniers et féliciter les combattants. Le tumulte et les cris redoublèrent, et ce ne fut pas sans peine que les porteurs de la litière arrivèrent jusqu'à l'entrée du village sur une sorte de petite place ombragée de palmiers. Sous ces arbres était étendue une large dalle couverte de croûtes noirâtres exhalant une odeur infecte, et sur lesquelles voltigeait un essaim de mouches affamées. C'était l'autel des sacrifices, tout souillé de sang coagulé. A quelque distance de cette horrible dalle, sur le sol noir et calciné, s'élevaient trois ou quatre autres grosses pierres brunies par le feu et surchargées d'un amas de bois et de plantes sèches.

C'est au pied de ce bûcher que furent déposés Trinitus et Marçel; mais le savant fut le premier porté sur la dalle, et avant qu'il eût pu dire à son compagnon un dernier adieu, il se sentit couché sur le funèbre autel. En même temps un Alfourou enflamma un morceau d'écorce en la frottant rapidement sur une sorte de disque en bois destiné à cet usage, et il la porta sous le bûcher.

Une colonne de fumée bleuâtre s'éleva dans les

.airs, et les clameurs féroces de tous les indigènes rangés en cercle autour de la place, annoncèrent aux victimes que leur supplice allait commencer.

Pendant cet intervalle deux sacrificateurs armés de couteaux de pierre et de stylets pointus taillés dans des os humains, s'étaient approchés de Trinitus. Ils avaient placé sous sa tête une coupe faite avec la moitié d'une noix de coco, mais ils paraissaient attendre avec une vive inquiétude l'arrivée du chef ou du Dieu de la tribu avant d'égorger le prisonnier.

Déjà la foule s'impatientait lorsqu'une musique infernale et les cris cent fois répétés de *Koyauw! Koyauw!...* annoncèrent enfin que le dieu approchait. Le cercle des Alfourous s'ouvrit d'un côté; tous les sauvages se prosternèrent et se couchèrent à plat ventre; et sur une sorte de palanquin porté par huit indigènes, le *Koyauw* apparut. Son corps barbouillé de rouge et de bleu était revêtu d'un long voile de fils jaunâtres, et sur sa tête un chapeau de roseaux et de feuillages figurait grossièrement l'image du soleil.

Les prêtres qui portaient le palanquin le déposèrent doucement au milieu de la place, et le dieu se leva... Mais soudain un cri de stupéfaction et de bonheur s'échappa de sa poitrine :

—Trinitus !... Marcel !... s'écria-t-il à moitié fou de joie et d'étonnement, et, saisissant le couteau du sacrificateur, il coupa les liens qui garrottaient les deux captifs.

Ceux-ci, réveillés comme d'un songe, se relevèrent machinalement et regardèrent, tout ébahis,

leur libérateur, que la plus vive émotion empêchait
de parler; puis, le reconnaissant tout à coup sous
son affreux déguisement, ils prononcèrent à la fois
le même nom :

— Nicaise!...

Et, les yeux baignés de larmes, ils se jetèrent
dans les bras de leur vieux compagnon...

Avant d'aller plus loin, il est indispensable peut-
être que nous apprenions au lecteur comment Nicaise était parvenu au grade suprême de *dieu* chez
les sauvages.

On se rappelle sans doute la lutte formidable
engagée dans la mer de Corail entre un narval et
une baleine. Nicaise, n'écoutant que son courage,
était descendu sur l'escarpolette placée sous le bateau; et après avoir lancé le harpon électrique, il
avait disparu, emporté sans doute par les deux
énormes combattants.

Voici ce qui s'était passé : le narval, atteint par
le harpon, avait brusquement fait volte-face, et sa
défense avait traversé de part en part le vêtement
imperméable de Nicaise. Transpercé de cette façon
sans cependant être blessé, celui-ci avait été arraché
de son siége et emporté à une très-grande distance
sous la mer, par la licorne frappée à mort. La faible quantité d'air contenue dans le scaphandre dont
Nicaise était revêtu avait suffi pour le préserver
de l'asphyxie; puis une syncope était survenue, et
traîné, sans s'en douter, par le narval jusqu'à
l'île des Alfourous, il avait échoué avec lui sur
la côte.

Le hasard voulut qu'à ce moment là les indigè-

nes célébrassent au bord de la mer la grande fête
du soleil. A la vue de cette licorne, qui du fond de
l'Océan portait un corps humain dans une sorte
de sac de toile suspendu à sa défense, les Alfourous
ne doutèrent pas que ce paquet ne fût à leur adresse. Ils crurent y avoir une gracieuseté de l'astre
qu'ils adoraient; et quand après avoir dépouillé
Nicaise de son appareil plongeur, ils l'eurent fait
revenir à lui, d'un commun accord, et tout natu-
rellement, ils lui rendirent les honneurs di-
vins.

Le pauvre Nicaise se réveillant au milieu de
ces horribles sauvages qui s'empressaient autour
de lui, fut bien quelque peu surpris d'abord; mais
comprenant bientôt, en apercevant le cadavre de
la licorne, l'étrange voyage qu'il venait de faire,
il devina bien vite qu'on le prenait sinon pour
un dieu, du moins pour un superbe objet de curiosité.

Du reste, il était accablé de bons soins et de pré-
venances; un seul de ses gestes inspirait la terreur; et quand, après un ou deux dîners anthropo-
phagiques auxquels il fut obligé d'assister, il eut
reconnu à quelles gens il avait affaire, il se dit philosophiquement qu'il valait encore mieux être leur
idole que leur servir de bifteck.

Reprenons à présent notre récit :

Les Alfourous, un moment surpris de l'étrange
attitude de leur dieu, en présence des deux prisonniers, ne trouvaient pas leur compte à cette scène
d'attendrissement, et réclamaient par des rugisse-
ments de colère le sacrifice des victimes. Nicaise,

malgré le pouvoir qu'il avait sur la tribu, trem-
blait pour ses amis, et se demandait avec l'anxiété
la plus vive, comment il les arracherait à la fureur
de ces cannibales.

Mais tout à coup il eut une inspiration de génie.
S'apercevant que le soleil déjà sur son déclin allait
disparaître derrière d'épais nuages qui montaient à
l'horizon, il harangua la hideuse populace qui l'en-
tourait, lui fit comprendre que ce n'était pas au
moment où l'astre du jour se couchait qu'il fallait
lui sacrifier des victimes. La présence du soleil était
indispensable à la cérémonie, et c'était le lendemain, à son aurore, qu'il fallait lui présenter une
si magnifique offrande...

Devant ces importantes raisons, les Alfourous
s'inclinèrent, ce qu'ils n'eussent point fait peut-
être s'ils eussent été civilisés. La superstition triom-
pha de la gloutonnerie; et les sacrificateurs, jetant
leurs couteaux, s'approchèrent de Trinitus et de
Marcel.

— Laissez-les faire, dit Nicaise à ses amis. Il serait dangereux que je parusse vous protéger davantage. On va vous attacher au tronc d'un palmier, mais il ne vous sera fait aucun mal...

Les sacrificateurs s'approchèrent et lièrent les
prisonniers qui, malgré l'inexplicable puissance de
Nicaise, n'étaient qu'à moitié rassurés.

— Dix hommes armés vont rester près de vous,
continua le dieu. Dans quelques heures, à la nuit,
on leur portera, dans des coupes d'argile, une bois-
son blanchâtre que peut-être on vous offrira. Gar-
dez-vous d'y toucher. Ce sera du poison. Un mo-

,ment après, je viendrai couper vos liens et nous
partirons sans être aperçus...

— L'*Éclair* nous attend à la côte, répondit Trinitus.

Un rayon de joie illumina les yeux de Nicaise ;
mais le vieux marin, s'efforçant de contenir l'émotion qui l'étouffait, remonta dans son palanquin
avec une gravité théâtrale qui, dans toute autre circonstance, eût fait rire aux éclats Trinitus et Marcel.

Les grands prêtres chargèrent religieusement
leur divinité sur leurs épaules, et la place se vida
lentement, tandis que les deux prisonniers attachés
l'un près de l'autre échangeaient quelques mots à
voix basse et sentaient l'espérance renaître dans
leur âme depuis longtemps si cruellement torturée.

En même temps les nuages montaient dans le ciel
et la nuit se faisait très-rapidement. L'atmosphère
était lourde, la chaleur accablante, des bouffées de
vent faisaient frissonner les feuilles et de sourds
grondements de tonnerre retentissaient dans les airs.

Les Alfourous chargés de veiller sur les deux captifs s'étaient assis autour du bûcher qui finissait de
s'éteindre, et, en attendant qu'ils fissent rôtir Trinitus et Marcel, ils se régalaient de petites tortues
l'eau douce, qu'ils mangeaient presque crues.

Fuite pendant la tempête.

CHAPITRE XXI

LA FUITE

Le *dieu* Nicaise, bien heureux, comme on pense, d'avoir retrouvé ses amis, ne songeait qu'à leur délivrance et à prendre la fuite avec eux. Son *temple*, lourde et massive hutte faite de palissades de roseaux et de mottes de gazon, ne lui souriait pas, et il préférait son chapeau goudronné à l'auréole de Jupiter anthropophagique.

Il lui était d'ailleurs très-facile de mettre à exécution le formidable projet qu'il avait conçu. Lui seul devait préparer le breuvage des victimes et des

gardiens; et dans le temple il avait à sa disposition
la plupart des sucs et des extraits vénéneux dont les
sauvages se servaient pour empoisonner leurs armes. Aussi, dès qu'il jugea le moment favorable,
puisa-t-il dans une vaste cuve de terre, un liquide
clair et rosé qu'il versa dans deux grands vases; et
comme il ne craignait pas que les Alfourous sussent
lire le français, il écrivit sur la paroi de ces vases ce
seul mot : *Poison*.

Prenant alors dans une anfractuosité de la muraille un petit paquet de la grosseur du poing, il déroula une longue feuille sèche qui l'enveloppait,
brisa en morceaux la substance rougeâtre qui y
était contenue, et jeta tous ces fragments dans les
deux vases. Mais, à ce moment sa main trembla et
ses jambes flageolèrent. Ce breuvage allait donner
la mort à dix hommes; et Nicaise se sentit épouvanté comme s'il allait commettre un grand crime.
L'orage qui grondait au dehors achevait d'accroître
sa frayeur, et le pauvre dieu cherchait, en regardant avec horreur les deux coupes pleines, s'il ne
trouverait pas un autre moyen de salut.

Soudain, n'en trouvant pas, il saisit impatiem-
ment les deux vases et les remit à un Alfourou qui
veillait dans une sorte de vestibule attenant à la
hutte. Celui-ci se prosterna jusqu'à terre, et chargé
du breuvage sacré, il se dirigea vers les palmiers
au pied desquels étaient attachés Trinitus et Marcel.

Le vent s'était beaucoup élevé; depuis quelques
heures on l'entendait gronder dans les forêts voisines, et les nuages se tassaient de plus en plus sur

la tribu des Alfourous. Il ne pleuvait pourtant pas encore ; mais à l'intensité des éclairs, qui se succédaient avec une effrayante rapidité, les deux captifs s'attendaient à une terrible tempête. Ils en étaient heureux, d'ailleurs, bien persuadés que l'orage protégerait leur fuite, et cacherait à leurs ennemis les traces de leurs pas.

Tout à coup, un éclair dissipant l'obscurité de la nuit, montra aux Alfourous qui gardaient les victimes, que leur dieu ne les avait pas oubliés. L'homme à qui Nicaise avait confié les deux vases venait d'arriver sur la place des sacrifices, et deux secondes après, ses compagnons l'accueillaient avec des cris joyeux. A la vue de ce sinistre messager, Trinitus et Marcel sentirent leur courage faiblir, mais en lisant à la lueur du bûcher le mot *poison* écrit sur les coupes, ils songèrent avec bonheur que le moment de leur délivrance approchait...

L'Alfourou leur présenta cérémonieusement le breuvage, et, sans se fâcher de leur refus, il remit en souriant les deux vases aux gardiens... Ceux-ci s'assirent en rond autour du feu, et l'un après l'autre, ils burent avec délices, jusqu'à ce que le liquide fût épuisé.

L'indigène envoyé par Nicaise prit les coupes vides et disparut...

Alors les deux captifs furent témoins d'un effroyable spectacle : au bout de quelques minutes, cinq à six Alfourous à la fois se dressèrent brusquement sur leurs pieds comme des spectres, et la bouche béante, les yeux immobilisés dans l'orbite, le cou raide, les bras violemment rejetés en arrière,

les jambes torturées par d'affreuses crampes, ils re-
tombèrent comme foudroyés. Les autres n'eurent
que le temps de pousser un cri rauque, et saisis par
les mêmes symptômes, ployés et contractés par les
mêmes convulsions, ils se tordirent à terre dans d'é-
pouvantables angoisses. Quelques-uns tués sur le
coup par cet horrible tétanos ne reposaient que sur
l'occiput et les talons ; leur corps tordu en demi-cer-
cle formait un arceau. Le brasier que le vent ravi-
vait sans cesse, et les nombreux éclairs qui déchi-
raient le ciel, illuminaient cette scène infernale.

Marcel effrayé fermait les yeux ; Trinitus stupéfait oubliait qu'il était chargé de liens, et reconnaissait avec horreur, aux hideuses contractures
de tous ces corps déformés par le poison, les terribles effets de la strychnine.

Soudain une voix amie se fit entendre à quelques pas de distance dans les ténèbres...

— Trinitus !... Marcel !...

— Nicaise !... répondirent les prisonniers au
comble de la joie.

Presque aussitôt leurs liens étaient brisés, et ils
se trouvaient dans les bras de leur vieux compagnon.

— Partons vite, dit celui-ci, le moment est des
plus favorables ; mais nous avons deux grandes
heures de marche pour nous rendre à la mer.

— Nous y arriverons avant le jour, fit Marcel.

— Je vous guiderai sûrement jusqu'au ravin où
l'on vous a faits prisonniers, et j'espère qu'alors
vous saurez vous reconnaître.

— Je m'en charge, mon bon Nicaise... répondit
Trinitus.

Et les trois compagnons, ravis de s'être si miraculeusement retrouvés, traversèrent promptement
la vallée à la lueur des éclairs, pour disparaître
dans la nuit plus profonde, qui baignait les grands
arbres de la forêt.

Presque au même instant, l'orage creva sur la
tribu des Alfourous et la pluie se mit à tomber à
torrents. Les sauvages blottis dans leurs huttes et
terrifiés par les éclats de la foudre, invoquèrent la
protection de leur *Koyauw*, ne se doutant guère que
par un temps pareil il courait la campagne ; et les
cadavres des gardiens étendus sur la place des sacrifices, furent bientôt couverts d'un linceul de sable
et de boue...

Les trois fugitifs entraient à peine sous bois
quand la tempête se déchaîna dans toute sa violence.
En un instant, malgré la voûte protectrice des arbres, les lambeaux de vêtements qui leur restaient
furent inondés par la pluie, et leurs membres ruis-
selèrent. Mais le bonheur qu'ils éprouvaient en se
sentant libres leur donnait des forces, et tous trois,
lestes et joyeux, couraient comme des lièvres à travers la campagne. Bientôt même Nicaise qui, tout
en fuyant, trouvait moyen de raconter son histoire,
fut assailli par les quolibets et les plaisanteries.

Il est vrai que le vieux marin, toujours coiffé de
son soleil emblématique dont les rayons étalés l'a-
britaient comme un parapluie, avait la mine pi-
teuse d'un roi de féérie tracassé par quelque génie
malfaisant.

Trinitus, qui ne l'appelait plus que Nicaise-
Apollon, lui faisait remarquer que son soleil se

fondait en eau, et qu'il éraillait ses rayons à toutes les branches d'arbres. Marcel le conjurait de faire
cesser la tempête ; et comme ses prières restaient
sans résultat, il l'envoyait se coucher... dans le sein
de Thétys.

Le dieu se contentait de répondre par des éclats
de rire ; et il se hâtait d'enjamber les broussailles,
disant qu'il n'était pas d'heure plus propice pour
déserter son temple, que celle où l'astre qu'il représentait ne pouvait l'apercevoir.

Pourtant l'orage redoublait d'intensité, et le tonnerre foudroyait à chaque instant les points culminants de l'île. Deux ou trois incendies allumés dans
les bois faisaient sur le ciel noir de l'horizon des ta-
ches rougeâtres, et l'atmosphère était tellement
chargée d'électricité que des aigrettes lumineuses
jaillissaient de la cime des arbres et de la pointe
des rochers. Les fugitifs distinguaient parfaitement
leur route à la seule lueur des éclairs ; leurs oreilles
étaient assourdies par les grondements retentissants
de la foudre ou le fracas de l'ouragan dans la forêt.

C'est ainsi qu'ils arrivèrent au ravin dans lequel
Trinitus et Marcel avaient lutté contre les Alfourous ; mais à cet endroit un bruit nouveau vint se
mêler au rugissement de l'orage. C'était une voix
grave et sonore, un murmure profond et sourd quelque chose d'effrayant et de terrible comme le souffle furieux d'un nouvel élément, qui viendrait prendre part à la lutte de l'atmosphère et du feu.

Les trois hommes s'arrêtèrent à la fois, épouvantés par une même pensée.

Ce bruit formidable était celui de la mer soule-

rée... Qu'allait être devenu le bateau que Trinitus
avait amarré à la côte !...

Saisis d'une terreur subite à cette épouvantable
idée, les fugitifs se précipitèrent dans la direction
de la mer. Cette fois Trinitus, haletant, guidait ses
deux compagnons, et ceux-ci, tout à l'heure si insouciants et si courageux, sentaient la pluie glacer
leurs membres.

Ils descendaient rapidement le versant de la colline qui s'inclinait vers l'Océan, et presque en
même temps ils arrivèrent sur le rivage. Les vagues furieuses déferlaient avec une violence inouïe
et se brisaient sur la côte. En quelques points, la
falaise, minée par les flots, s'était écroulée dans la
mer, et les arbres sous lesquels Trinitus avait
amarré l'*Eclair* n'existaient plus !

Le savant n'apercevant aucune trace de son bateau, poussa un cri de désespoir et de rage, et Marcel, épuisé, tomba sur le sable à genoux... Quant à
Nicaise, il serra ses poings et grinça des dents avec
fureur, en marmottant ces sinistres paroles :

— Nous sommes perdus !...

Il fallait pourtant se hâter de prendre une détermination ; à chaque instant les vagues impétueuses
balayaient la plage, et les trois hommes couraient
les plus grands dangers. Il y avait une sorte de contentement cruel et farouche dans la colère des flots.
L'Océan, qui vingt fois avait essayé, mais toujours
vainement, de briser ou de submerger l'*Eclair*, paraissait fier d'en être venu à bout. Il n'avait pu l'ensevelir dans ses sargasses, ni l'emprisonner dans ses
abîmes, ni le noyer dans ses tourbillons, ni l'étrein-

dre dans ses glaciers, ni le faire broyer par ses monstres, et traîtreusement, la nuit, pendant l'orage, il
le volait, il l'arrachait à la côte pour aller l'écraser
sans doute contre quelque rivage inconnu.

Trinitus, éperdu, frémissant, pleurant de colère,
cherchait en vain son bateau... Tout était ténèbres
et désolation autour de lui ; et les sillons lumineux
de la foudre ne servaient qu'à lui montrer l'effrayante puissance de l'océan. L'abîme avait sa
proie, et défiait Trinitus de venir la reprendre ; le
savant avait beau tourner ses bras et ses regards
suppliants, dès qu'il approchait, la vague insul-
tante crachait sur lui son écume, la bise, imprégnée
d'eau salée, souffletait son visage, la lame brutale
le frappait en pleine poitrine et le terrassait...

Enfin, après plusieurs heures de recherches inutiles, les fugitifs, harassés de fatigue, durent chercher un abri. Ils pénétrèrent dans un étroit vallon
enfoui sous les arbres, et furent assez heureux pour
découvrir un rocher tapissé de mousse et de fou-
gère, sous lequel ils se reposèrent en attendant le
jour. Cependant l'orage cessa peu à peu, et, lentement, la mer redevint calme. Mais lorsque le soleil
reparut sur l'horizon, Nicaise ne crut pas devoir
cacher à ses amis les nombreux dangers qui les menaçaient.

L'île était extrêmement peuplée, et les Alfourous
ne se lasseraient pas de la parcourir jusqu'à ce qu'ils
eussent retrouvé leurs victimes. Quant à sa puissance
divine, Nicaise pensa bien qu'elle était perdue, et
que ses adorateurs n'en tiendraient compte que
pour le faire rôtir le premier...

Un mariage aux Nouvelles-Hébrides.

CHAPITRE XVIII

EN CAMPAGNE!...

Ce fut avec une émotion profonde que Trinitus et Marcel abordèrent à cette île inconnue, si belle et si souriante sous les bois touffus qui l'ombrageaient qu'elle semblait s'être parée exprès pour les recevoir.

Une baie étroite, voilée par d'épais massifs de bambous et de mangliers, servit de port à l'*Éclair*; et les deux hommes, dès qu'ils eurent mis pied à pour se procurer des fruits et de l'eau douce, il ne fut pas difficile de retrouver leurs traces dans le vallon qu'ils habitaient.

Aussi, le matin du troisième jour, furent-ils assaillis par une centanie de sauvages, qui se ruèrent contre eux avec une incroyable fureur.

Toute défense était inutile. Les trois assiégés n'avaient pour arme que des bâtons, et à la première grêle de pierres lancée par les Alfourous, Trinitus atteint à la tête, tomba la face contre terre en poussant un cri de douleur.

Marcel voulut essayer de le relever, mais les Alfourous ne lui en laissèrent pas le temps. Ils se précipitèrent en hurlant de rage sur leurs ennemis vaincus, et les garrottèrent étroitement.

En vain Nicaise essaya-t-il d'intimider la foule par des paroles sacramentelles. Il ne fit qu'exciter le rire sinistre de ceux qui naguère encore tremblaient à sa voix; et saisi par les pieds, il fut traîné avec ses amis au bord du ruisseau qui courait dans le vallon.

Les horribles secousses et les cahotements éprouvés par Trinitus le tirèrent de son évanouissement, mais l'infortuné ne rouvrit les yeux que pour assister aux préparatifs de sa longue agonie.

Les Alfourous allumèrent rapidement un énorme bûcher; ils firent chauffer dans la braise leurs larges couteaux de pierre, et liant Nicaise le premier à un tronc d'arbre, ils se mirent à danser autour de lui une sarabande effrénée.

Le pauvre dieu n'eut que le temps de serrer promptement la main de ses amis et de balbutier quelques mots que son émotion rendait inintelligibles...

Les yeux de Trinitus et de Marcel s'emplirent de larmes ; ils regardèrent le ciel pour ne pas voir le supplice de leur ami.

Soudain un cri de désolation et de douleur les glaça d'épouvante et suspendit la respiration dans leur poitrine oppressée.

Les couteaux de pierre, rougis au feu, avaient fait une profonde entaille dans le bras de Nicaise.

· Les clameurs joyeuses des Alfourous succédèrent à la plainte de la victime, et d'autres couteaux tirés du brasier s'approchèrent cette fois du visage du patient.

Mais tout à coup deux brusques détonations parties des profondeurs du bois, se firent entendre, et les bourreaux qui torturaient Nicaise tombèrent foudroyés.

En même temps des aboiements furieux retentirent sous les arbres ; et ces cris : *Pille ! pille ! en avant !...* parvinrent aux oreilles des captifs.

— Est-ce un rêve !... s'écria Trinitus, et dans le transport de sa joie il fit casser les sangles qui l'emmaillottaient.

Mais cinq ou six autres détonations lui montrèrent bien qu'il ne se trompait pas...

— Amis ! amis !... s'écriait à son tour Nicaise oubliant sa blessure et sa douleur.

Quatre autres Alfourous venaient de mordre la poussière, et trois énormes chiens bondissaient comme des tigres déchaînés au milieu de la troupe saisie de stupéfaction et d'effroi.

En un instant, une terreur panique gagna les cannibales, et soudain, abandonnant leurs captifs et leurs armes, ils se sauvèrent dans toutes les directions.

Cependant, Trinitus avait délivré ses amis de leurs liens, et tous trois, ivres de bonheur et de reconnaissance, couraient au devant de leurs libérateurs.

Ceux-ci, au nombre de dix, avançaient en troupe compacte à travers les arbustes au milieu desquels ils s'étaient embusqués; mais deux d'entre eux, que, malgré leur accoutrement bizarre, on devinait être des femmes, se détachèrent brusquement pour courir, en pleurant de joie, se jeter au cou de Trinitus.

C'était trop d'émotions pour le pauvre savant. Des larmes d'attendrissement jaillirent de ses paupières, et ses lèvres ne purent prononcer que les deux mots chéris que son cœur lui répétait sans cesse :

— Alice !... Thérèse !... Et pressant sur sa poitrine sa fille et son épouse, il couvrit leur front de pleurs et de baisers.

Marcel et Nicaise s'étaient cependant jetés dans les bras de ceux qui venaient de les arracher à la mort, et qui n'étaient autres que les passagers du *Richmond*, échappés au naufrage, avec la femme et la fille de Trinitus.

Parmi eux se trouvait le chirurgien sir William Hervey, le cousin de Thérèse dont le bonheur était inexprimable, et que le savant embrassait avec effusion comme un frère bien-aimé.

Mais le plus heureux fut Marcel, quand il reçut
les remerciements d'Alice. Comme il oublia bien
vite auprès d'elle les horribles dangers qu'il avait
courus !

Trinitus, au comble de la félicité, se croyait par
moments le jouet d'un songe. Il ne savait comment
s'expliquer l'arrivée inattendue de ses libérateurs,
et, tremblant de voir tout à coup s'évanouir son
beau rêve, il n'osait faire aucune question à ce
sujet, quand la voix de sir William vint le tirer de
son extase.

— Nos canots nous attendent à la côte, disait le
chirurgien ; hâtons-nous de rentrer chez nous. Les
Alfourous n'auraient qu'à se soulever en masse pour
nous écraser.

— Vous avez un chez vous?... demanda Trinitus
étonné.

— Comment donc? à quelques milles en mer,
une île tout entière, que nous avons conquise à la
pointe de l'épée.

Nicaise et Marcel ne furent pas moins agréable-
ment surpris que Trinitus, en apprenant cette
bonne nouvelle.

Et par quel hasard avez-vous appris que nous
nous trouvions au milieu de ces cannibales? demanda le savant.

— Vous ne devinez pas?... dit en souriant Alice.
Votre bizarre bateau a été jeté par la tempête sur
les côtes de notre île, et, c'est presque à mes pieds
qu'il est venu échouer... J'étais avec maman et sir
William... Nous avons été bien étonnés d'abord, en
voyant cette énorme machine. Mais en heurtant le

rocher elle s'était entr'ouverte, et une foule d'objets
avaient roulé sur le sable. J'aperçus quelques papiers, je courus les ramasser, et j'y lus : *L'Eclair !...
capitaine Trinitus !...* La dernière ligne du manus-
crit contenait ces mots : « *Nous débarquons à l'est
de la Nouvelle-Calédonie, dans une île qui pourrait
bien être l'île d'Annatom des Nouvelles Hébrides.* » O
bonheur !... vous étiez près de nous... et...

L'émotion empêcha la jeune fille d'achever sa
phrase ; Trinitus, que l'attendrissement gagnait de
nouveau, pressa sa chère enfant dans ses bras.

— Et vous êtes venus nous arracher à la mort la
plus horrible ! continua-t-il. Mourir sans vous revoir !... Ma Thérèse !... mon Alice !... C'était là ma
seule frayeur, l'unique préoccupation qui torturât
mon esprit !

— Nous avons parcouru l'île pendant deux jours
sans pouvoir vous découvrir, reprit sir William,
et les Alfourous ont été plus adroits que nous.

— C'est la fumée du bûcher qui nous a mis sur
leurs traces, ajouta un des passagers du *Richmond*.

— Et le nez de nos chiens... répliqua un autre...

— *Plock* s'est bien conduit... Il chasse l'Alfourou comme le lièvre, continua un troisième.

— Il a fait des prodiges pour nous aider à débarrasser notre île des naturels, dit à son tour le
plus âgé de la troupe, et Dieu sait si nous avons
eu du mal à venir à bout de ces êtres-là !...

— Je vous crois sans peine, observa Marcel, à
qui les beaux yeux d'Alice donnaient de l'esprit :
Chassez le *naturel*, il revient au galop !...

— Bravo !... répondit sir William, mais hâtons-nous de nous embarquer, de peur de voir les naturels donner une fois de plus raison au proverbe. Il ne faut pas jouer avec des gens qui comprennent si peu le langage parlementaire.

— A qui le dites-vous! répliqua Nicaise. J'ai été leur *bon Dieu* pendant huit jours; et ce matin, sans égard pour ma tête encore coiffée du soleil qu'ils adorent, ils me découpaient en morceaux...

— Vous avez été dieu?... demandèrent en riant sir William et ses compagnons.

— Tel que vous me voyez, fit Nicaise, il y a trois jours, j'étais peinturluré comme une image d'Epinal... panaché rouge, vert et bleu... Je ressemblais à un perroquet... Mais la pluie de l'autre soir a lavé mes couleurs... J'étais un Dieu mauvais teint !... Que voulez-vous...

En causant de la sorte, on parvint à l'endroit de la côte où les canots avaient été amarrés. C'étaient trois longues barques imitées des pirogues des sauvages, mais beaucoup mieux construites; on y reconnaissait la main de l'ouvrier intelligent et civilisé.

Les trois chiens qui, depuis un moment, étaient revenus, la gueule sanglante, de la chasse aux Alfourous, sautèrent les premiers dans les embarcations, et quelques minutes après les passagers du *Richmond* emmenaient vers l'île dont ils avaient fait la conquête leurs nouveaux amis.

On débarqua dans une baie ombragée, au fond d'un ravissant petit bassin formé par l'embouchure d'un large ruisseau; Trinitus aperçut sous une touffe de mimosées une énorme sphère métallique, brisée et disloquée, mais il la reconnut sans peine; c'étaient les débris de l'*Eclair*.

Dans une vaste prairie paissaient quelques chèvres que sir William et les autres naufragés, avaient prises toutes jeunes dans les montagnes et qu'ils étaient parvenus à rendre dociles.

Au bout de cette immense nappe verte, où la flore de l'île s'étalait dans toute sa magnificence, apparaissait noyée dans les bananiers et les lauriers-roses, la villa construite par les nouveaux habitants.

On lui avait donné le nom de *Valfleury*.

Alice et Thérèse expliquaient à Trinitus et à ses compagnons comment on cultivait et l'on utilisait cet immense domaine. L'île était d'une fertilité excessive; et sans beaucoup de peine on obtenait de très riches récoltes.

Les bois qui couvraient le flanc des montagnes, au-delà de Valfleury, fournissaient des fruits et du gibier en abondance; et l'on faisait à l'embouchure du ruisseau des pêches miraculeuses. Quelques rochers de la côte étaient même chargés d'huîtres pour les gourmets.

Les connaissances botaniques de sir William avaient été très-utiles, et, grâce à lui, la villa possédait un jardin splendide.

Enfin, après une demi-heure de marché, la caravane atteignit Valfleury. Le plus élégant des trois chalets qui composaient le hameau était réservé à Mᵐᵉ Thérèse, à Alice et à sir William. C'était un nid enfoui sous les plantes grimpantes et couvert par l'ombre protectrice de gigantesques palmiers.

Une multitude d'oiseaux au plumage de feu se
jouaient au soleil ; dans la cour et pêle-mêle sous
un hangar étaient déposés les instruments de cul-
ture, de chasse et de pêche.

Trinitus, Nicaise et Marcel se croyaient dans le
paradis terrestre, Marcel surtout, qui commençait
à faire des rêves charmants.

Depuis une huitaine de jours, d'ailleurs, l'île
n'était plus une prison. Un paquebot qui se rendait
aux îles Marquise devait, à son prochain retour en
France, prendre son bord les naufragés du *Richmond*.

Dans l'enivrement de son bonheur, Trinitus
n'oublia pas de faire celui de Marcel. Il devina
bien vite que son jeune ami avait touché le cœur
d'Alice, et quand il eut obtenu cet aveu de sa chère
enfant, il courut aussitôt chercher celui qui venait
de partager si courageusement ses chagrins et ses
infortunes.

Marcel, ce jour-là, travaillait au jardin. Trinitus
en souriant, le conduisit auprès de sa fille, et quelques instants après, le jeune homme, ravi, pressait
tendrement la main d'Alice !...

TABLE DES CHAPITRES

PARIS. — IMPRIMERIE DE E. MARTINET, RUE MIGNON, 2